경찰은 그들을 사람으로 보지 않았다

경찰은 그들을 사람으로 보지 않았다

이시영 시집

창비

차 례

제3부 ___

제1부

축복

　가을 아침, 경비원 아저씨들이 정성껏 쓸어 담아놓은 노
오란 은행잎 푸대 속에 들어가 고양이 한 마리가 새끼 여섯
을 낳았다. 여리디여린 것들이 아직 눈도 뜨지 못하고 부신
햇볕에 고개를 젓고 있는 모습이 꼭 어린 하느님을 닮은 것
같다.

석양에

도토리 한 알을 안고 산길을 오르는
저 날다람쥐의 진지한 손짓 발짓!

초원의 집

구름 염소가 구름 양을 보고 말했습니다.

"집에 가자, 우리!"

지평선으로 붉게 지는 해를 보며 구름 양이 말했습니다.

"안돼. 어젯밤에 엄마도 끌려갔어. 집에 가면……"

"그래도 가자. 우리 가서 쉴 곳이라곤……"

구름 양은 구름 염소를 따라 터덜터덜 초원의 집을 향해 걸어갔습니다.

처음 보는 샛별 하나가 돋아 그들 뒤를 정답게 비춰주었습니다.

지구별에서

가을이 깊어가고 있습니다
고양이 한 마리가 아파트 베란다에 일자로 엎드려
늙어가는 지구의 시절을 망연히 바리보고 있습니다
사람들의 낙엽 밟는 바스락 소리에 놀라
벌레들은 땅밑에서 또 깜빡, 뜨거운 알을 낳다 죽어가겠
지요

작은 점 하나

가장 적게 먹고
적게 일하며
느티나무 가지에 깃을 묻고 잠든 새는
하늘을 차고 오를 때 하얀 새똥을
지상에 남긴다
거대한 구두 발자국이 막 닿기 전
아침 햇살에 잠깐 보석처럼 반짝이며 응결하는
보도블록 위의 작은 눈부신 점 하나

조사받다가 남산 수사관들에게서 우연히 들은 말

 문목사는 아침에 나가실 때마다 배웅하는 박장로님을 향해 소년처럼 한쪽 눈을 찡긋했다고 한다. 저녁에 일찍 들어올 테니 '준비'하라는 뜻이었다. 그때마다 귓볼이 뻘갛게 달아오른 마당의 나팔꽃들이 제일 즐거워 어쩔 줄 몰라했다고 한다.

금강에서

  수염 난 숭어가 어린 숭어들을 이끌고 오르며 말했습니다. "여기가 고마나루터란다. 옛날옛적 남편을 잃은 암곰이 자식들과 함께 저 바위에서 강물로 몸을 던졌다는 슬픈 전설이 어린 곰나루! 너희 할아버지의 할아버지, 그 웃대 할아버지의 할아버지들까지 우리 가족은 이 강물을 오르내리며 너희들을 기르고 보살피며 저 난류의 바다로 내보냈다. 그런데 몇해 전부터 이곳에 화이버를 쓴 사람들이 몰려와 포클레인으로 우리의 보금자리인 모랫바닥을 파헤치고 철조 괴물들을 세우더니 자연습지는 물론이고 이제 너희가 안심하고 깃들일 둠벙마저 사라지고 말았다. 저기 저 사람들을 보아라. 미호천이 부드러운 물굽이를 치며 흘러들던 곳에 '세종보'라는 걸 쌓고 써핑 보드와 카누가 떠다니는 수상공원을 개장한다는구나. 그리고 우리들을 위한다고 물속에 어도(魚道)라는 것을 만들었단다. 그러나 그 어도는 한번 뛰어들면 다시는 거슬러오르기 힘든 높은 벽에 가로막혀 있다. 재앙을 당하는 게 어찌 우리뿐이겠느냐. 시멘트에 갇혀 길을 잃은 물들이 부드러운 젖가슴 같은 옛 모래톱을 찾아 거품을 물고 솟구치고 있구나. 수달과 족제비, 껑충

한 고라니 들, 그리고 둔치의 노란 쑥부쟁이들도 다 살 곳을 잃었다. 하늘에는 백로들이 깃을 치며 끼룩거리는구나. 누구를 위한, 무엇을 하자는 공사이지? 이 애비가 오늘 너희들에게 들려준 이야기를 절대 잊지 말거라. 이곳은 너희 할아버지의 할아버지, 그 웃대의 고향이니까. 아니, 너희들의 가슴지느러미에 박힌 아득한 어머니의 강이니까."*

* 한겨레(2011.9.26. 1, 5면)에 실린 소설가 강병철의 글 「고향의 강」을 보고.

어머니 생각

어머니 앓아누워 도로 아기 되셨을 때
우리 부부 출근할 때나 외출할 때
문간방 안쪽 문고리에 어머니 손목 묶어두고 나갔네
우리 어머니 빈집에 갇혀 얼마나 외로우셨을까
돌아와 문 앞에서 쏠어내렸던 수많은 가슴들이여
아가 아가 우리 아가 자장자장 우리 아가
나 자장가 불러드리며 손목에 묶인 매듭 풀어드리면
장난감처럼 엎질러진 밥그릇이며 국그릇 앞에서
풀린 손 내밀며 방싯방싯 좋아하시던 어머니
하루종일 이 세상을 혼자 견딘 손목이 빨갛게 부어 있었네

이런 꿈은 또 어떨까

꿈에 공릉(恐陵)스님*께서 수하에 까까머리 나어린 스님을 스물씩이나 거느린 어느 큰절의, 백석(白石)식의 자박수염 난 공양간 스님이 되어 있었다. 그런데 손끝이 어찌나 맵짜고 정갈하던지 큰 코를 들썩이며 성궁미 짓는 솥 가며 부엌 바닥이 반지르르할 뿐만 아니라 뜸이 들어 갓 퍼올린 밥알들이 또 얼마나 고실고실하고 윤기가 흐르던지 나 속세의 인연으로 그 밑에 들어가 어른 팔뚝만한 장작을 입 이 따만하게 벌린 아궁이에 들이대며 불 때다가 그 앞에서 자지가 노릿노릿해질 때까지 조울다가 또 지청구 먹는 영원한 불목하니가 되고 싶었다.

* 송기원의 법명(法名).

암소를 몰다

꿈에 내가 소년이 되어 암소를 몰고 고향으로 가는데, 암소는 산맥같이 우람하고 온몸이 흰빛이었다. 꿈속에서도 어린 내가 이런 암소를 몰아보다니 하며 감격해 마지않았는데 그 암소가 마을 입구인 외기내 다리를 건너다가 그만 고삐에 걸려 넘어지고 말았다. 다가가 발에 걸린 고삐를 풀어주자 거대한 산맥은 일어서서 나를 향해 선하고 큰 눈망울을 굴리는데 그 눈빛이 어디선가 꼭 한번 본 일이 있다고 생각하는 순간, 전화벨이 요란히 울리고 "시영인감? 나 인터넷에서 방금 자네 시 낭송하는 것 봤구만. 「만월」이었던가 「서시」였던가, 하여간 뭉클해서 지금 바로 전화 넣는구만." 목소리가 영락없는 용택씨였다. 그 와중에도 이 창포잎 같은 꿈을 계속 이어가고자 하였으나 차안(此岸)의 시간은 오전 9시 40분, 나는 암소가 간 곳을 이미 모른다.

온다

방사능 비가 천천히 아주 천천히 우리나라에 다가온다
동중국해에 머물던 방사성 물질이 북동쪽으로 부는 바람
을 타고 온다
아니, 일본 남쪽에 자리잡은 고기압 영향으로 남서풍이
서해에서 발달한 비구름을 한반도 내륙으로 몰고 온다
아니, 후꾸시마 원전의 요오드와 쎄슘이 섞인 방사성 물
질이 제트기류를 타고 직접 몰려온다

아니, 방사능 비가 천천히 아주 천천히 우리나라에 온다
갓 피기 시작한 우성아파트 개나리 목젖을 자르르 타고
온다
9동 103호 시인의 방 앞 목련꽃 망울에도 맺히며 온다
비옷 입고 마스크 쓰고 막 하굣길에 나선 마포초등학교
일학년 김세솜 양의 작은 발뒤꿈치를 살며시 누르며 온다

초저녁

대샆에 싸락눈 때리고 으스스한 초겨울 저녁, 건달처럼
빈 마당을 경중거리던 수탉이 갑자기 두 눈을 휘둥그레 뜨
고 이웃집 새로 온 암탉을 쫓다가 꼬꼬댁 소리도 요란히 담
너머로 놓치고 말았다. 이 댁의 일 나갔던 암탉들이 처진
엉덩이를 씰룩이며 집 안으로 들어서다가 그걸 보고는 "지
가 무슨 장닭이라구!" 어쩌구 하며 심하게 군시렁거리는
소리 들리고, 머쓱해진 수탉이 괜히 허공을 몇번 콕콕 쪼다
가 아무 일도 없었다는 듯 훌쩍 홰대에 오르는 모습이 훤히
보인다.

1960년대

전라도에서 완행열차 타고 꼬박 열한 시간을 서서 올라와 새벽녘 서울역 내리면 맨 먼저 달려드는 사람이 온몸을 오바로 감싸고 부엉이처럼 눈만 내놓은 뚜쟁이 아줌마들이었다. "총각, 쩔쩔 끓는 아랫목 있는데 몇시간 푹 쉬었다 가아!" 따라가보면 양동 비좁은 언덕길 다닥다닥 붙은 쉰내나는 닭장 방, 15촉 전등 아래에 약기운 풍기며 축 늘어진 여자들은 다 순자나 숙자 들이었다. 고향 닭 잡아먹으려고 나 여기까지 왔나? 그러나 그땐 그 누이들이 내게 가장 따뜻한 가정이었다.

영화 「희랍인 조르바」

'선량한 짐승' 조르바가 크레타 섬 바닷가에서 죽음을 얼마 앞둔 여관 주인 부블리나의 간청으로, 그녀가 가장 잘나갔을 때 영국 해군 제독에게서 받은 금화 두 닢을 녹여 만든 반지를 나눠 끼고 쓸쓸한 결혼식을 올릴 때 말했다. "주여, 나 알렉시스는 오르탕스를 아내로 맞아 영원히 사랑할 것이며……"

그러나 바다는 말이 없고, 슬쩍 올려다본 하늘 또한 잠잠하였다.

아침의 몽상

아침에 일어나면 여기가 어디지 하고 아주 잠깐 놀랄 때가 있다. 서울이고 마포고 십칠년째 살아온 그 방 여전한 침대건만 나는 이 낯선 영혼의 시간, 이 세상이 아닌 듯한 처음인 곳이 좋다. 그것은 밤사이 내 정신이 육체를 떠나 아주 먼 곳을 서성이다(어쩌면 열사의 후끈한 바람 부는 안드로메다 성좌까지!) 이제 막 제 거소를 찾아 문밖에 도착했다는 신호! 그분이 돌아오면 내 늙은 몸은 일어나 모자를 벗고 정중히 인사해야지. "안녕하십니까, 따르꼬프스끼 씨! 집에는 별고 없으십디여?" 그러면 따르꼬프스끼 씨는 촬영 도구들을 챙기다가 햇빛을 역광으로 받아서인지 이마를 약간 찡그리며 대답하겠지. "당신 배역이 아직 끝나지 않았으니까 빨리빨리 세수하고 이빨 닦으시오!" 그럼 나는 공손하게 일어나 다시 한번 인사해야지. "그런데, 지금, 여기가, 어디지요?" 그때 저만치 어디에서 수탉의 울음소리가 째지듯 들려왔다.

1989년 겨울

벨기에제 수갑 차고 두 팔이 오라에 묶인 채 검찰청 조사 받으러 다닐 때 그 여자 다니던 무역회사 사무실이 바로 옆에 있었네. 호송버스가 검찰청사 어둑한 구치감으로 미끄러져들어가기 전에, 바로 그 순간, 그 여자 3층이나 4층 계단 무심히 오르다가 눈길 돌려 통유리창 밖으로 호송버스 한번 쳐다보기를 나 얼마나 바랐던가! 그러나 내 생에 그런 기적은 단 한번도 일어나지 않았다.

소나기

여름비가 사납게 마당을 후려치고 있다
명아주 잎사귀에서 굴러떨어진 달팽이 한 마리가
전신에 서늘한 정신이 들 때까지
그것을 통뼈로 맞고 있다

그곳이 바로 내 고향

만취하는 날들이 계속 늘어난다. 지난주에는 수요일과 금요일만 빼고 나흘을 내리 마셨다. 그중에 어떤 날은 사께를 마시다가 코피까지 터져 솜으로 한쪽 코를 막기도 하였으니! 이 정도면 내가 술을 마시는 게 아니라 술이 저를 마신다고나 할까? 그리고 이건 금연운동협의회 회장 서홍관이 알면 큰일날 일이지만 대취하면 레종이나 말보로를 꼬나물고 그 독한 타르가 다 탈 때까지 심호흡을 한다.

새벽 세시 가든호텔 뒷골목 '초가삼간', 청양고추를 듬뿍 넣은 오뎅국물을 시켜놓고 "이러다 이거 일찍 가는 거 아닌가?" 했더니 맞은편의 도종환이 "냅둬유! 지가 장사 지내드리기로 했잖아유. 한줌은 형님이 오래 정 붙이고 산 마포강에, 한줌은 합정동 그 유명한 준희빈에 뿌려드릴게유. 그리고 남은 것이 있으면 새로 사무총장 맡은 이은빙이헌티 줄게유." 하는 것이었다. 그래, 그대 말이 맞다. 죽어 한줌 뼛가루로 바뀌면 그 어느 곳에 흩어진들 무슨 상관이랴. 한강물이 출렁거리면서 나를 싣고 갈매기들 끼룩거리며 우는 바다로 가겠지. 가서 후꾸시마의 대재앙도 카다피도 없는 드넓은 우주의 한 귀퉁이로 고요히 스며들겠지. 그곳이 바로 내 고향이라 하면 또 어떠리.*

* 맨 마지막 구절은 조태일의 시 「풀씨」의 "그곳이 나의 고향," 을
  염두에 두고 씌어졌다.

산64번지의 4

　간밤에 마신 술이 깨지 않아 멍하니 누워 있는데 안방 전화벨이 계속 울리는 거 있지. 시큰둥한 표정으로 받아보니 구례군 부면장이라나. "선배님, 혹시 산64번지의 4에 선친 땅 가진 것 없습니까?" 산64번지는 몰라도 그 위에 산58번지는 저번에 등기한 것 있다고 했더니 산64번지의 4 역시 내 명의로 소유권 이전 등기를 해야 한다고 일러주었다. 그러곤 한참을 잊고 있었는데 부면장이 다시 전활 걸어와 그곳에 승평 박씨인 내 할머니 산소가 있다고 알려주는 것이었다.

　아, 그 산소! 중학 다닐 때 동문 밖을 나서면 십리 밖 우리 동네가 보이고 그 뒤편으로 야트막한 산날맹이에 우뚝 솟아 한눈에 쏘옥 들어오던 네 그루의 소나무가 있던 곳! 청춘에 남편 잃고 세살배기 외아들을 키우며 우리 집안을 크게 일궜다는 할머니의 무덤이었다. 훗날 그 세살배기 아들이 자라서 돌아가신 어머니가 그리울 때마다 무덤가를 돌며 한 해에 한 그루씩 정성스레 심었다는 소나무들. 때때로 내려가 조상들의 산소를 둘러볼 때마다 나는 키 큰 소나무들이 좋아서 소년처럼 그곳에서 오래 머물며 바로 앞 섬진

강이 띠처럼 흘러가는 모습을 지켜보곤 하였으니. 그리고 한때는 어린 딸들의 손을 잡고 고향에 내리자마자 훤히 건너다보이는 산을 가리키며 저기가 네 아버지의 할머니 산소라고 자랑스레 일러주곤 했었는데 그곳이 산64번지의 4라는 것은 까마득히 몰랐었네. 올여름에는 어떡해서든지 내려가 소유권 이전은 못하더라도 달덩이처럼 크고 환한 무덤에 절 한번 꾸벅 올리고 경주 법주 한잔 올려야겠네. 그리고 그 소나무에 등 기대고 앉아 석양녘 평사리 쪽을 향해 도란거리며 흘러가는 아주 낮은 섬진강을 오래오래 바라봐야겠네.

고요 시인

    고요 시인의 고요 시집을 읽다가 무릎에 내려놓고 가만히 생각해본다. 시 좀 쓴다고 뻐기지도 말고 으스대지도 말고 무엇보다 잰 체하지도 말며, 마음은 늘 꽃샘추위 속을 달려 산과·내를 건너오느라 발그레해진 봄의 소년처럼 양 볼이 따스해져서 이 세상의 모든 구석구석을 교실처럼 사랑해야지.

아수라

주여, 지난겨울은 참으로 잔인했습니다

우리는 2백만 마리의 돼지를 산 채로 땅에 묻어야 했으며

(그중에 어떤 돼지는 비닐을 뚫고 나와 하늘을 향해 다리
를 뻗대고 죽었습니다)

6백만 마리의 오리와 닭을 살처분했고

새끼 밴 암소의 슬픈 눈동자를 외면하며 독극물 주사를
마구 놓았습니다

그리고 핏빛 침출수가 가득 흐르는 봄이 와

땅 밑에선 아직 그들의 죽음이 끝나지 않았음을 알리고
있습니다

마음의 길

마포대교 아래 '삼개나루터' 표지석이 있는 곳에서부터 서강대교까지, 바람 불면 황사 자욱이 날리는 그 강변길을 우린 좋아했지. 어떤 날은 셋이서, 또 어떤 날은 둘이서 걷던, 자갈돌 튀어오르고 다듬어지지 않은 맨바닥길. 간혹 밤섬에서 헤엄쳐온 흰뺨검둥오리들이 우리를 향해 끼룩거리며 말을 걸어오곤 하였으니 그리 쓸쓸했다고만 할 수 없던 점심 후 산책길. 오랜만에 그곳엘 가보니 한강공원이 들어서고 우리 걷던 길은 자전거들이 노란 중앙선을 따라 질주하는 전용도로가 되어 있었어. 물론 그 옆으로 걷는 사람들을 위한 길이 따로 놓여 있기는 하였으나.

밤섬엔 '생태·경관보전지역'이란 펼침막이 쳐지고 사람들의 접근을 막고 있더군. 그제나 이제나 오리들은 여전히 줄을 그으며 날아오르고 혹은 지는 해를 향해 환호작약하다가 날개를 털며 침울하게 잠수하더군. 자네들 중 한 사람은 장자(莊子)처럼 짙은 수염을 기르고 양평으로, 또 한 사람은 아동문학 교수가 되어 순천으로 갔지만 우리 답답하고 어려운 시절, 가슴에 무수한 사연들을 묻으며 타박타박 걷던 이 강변길을 잊지 않길 바래. 사는 것이 많이 적막하고 또 고독하지만 우리 가슴속에 쉼없이 흐르는 저 강이 있어 고요가 무엇인지 알게 되었고, 그 고요를 가르며 나는 고니의 발이 공중에서 오므라지는 선홍빛 가을, 가슴 가득한 환희의 순간도 맛보았지. 이제 곧 4월이 오네. 우리들 마음의 길이 된 그곳에도 가녀린 풀꽃들이 피어 자신을 바위처럼 단련하겠지. 그때 우리가 바람 속에서 그러했던 것처럼.

시론

개나리가 막 피기 시작할 무렵이었으니 아마 4월 초였을 것이다. 선생은 늘 교문 앞에 들어서면 언덕을 향해 고개를 길게 빼고 우리를 찾으셨다. 송과 내가 부리나케 달려내려 가 가방을 받아들고 지팡이를 들어드렸다. "선생님, 날씨도 좋고 하니 오늘도 야외수업을……" "아 자네들도 그러한 가? 하긴 이 좋은 날에 수업은 무슨 수업! 꽃구경이나 허면 서 지내볼까."

'미라보 다리'를 지나 자리를 잡은 곳은 학교 앞 선술집. 선생은 커다란 생맥주잔에 소주를 콸콸 붓고 그 위에 활명 수를 섞었다. 그리고 그 특유의 메기입을 들어 단숨에 들이 켰다.

"내 젊었을 적 친구 중에 말이야, 장환이와 용악이가 있 었어. 장환이는 요즘 식으로 얘기하면 잘나가는 댄디였고, 용악이는 밤에 잘잘 곳도 없는, 단도를 품고 다니는 함경도 출신의 꾀죄죄한 가난뱅이였거든. 그런데 억지로 꾸미지 않고 가슴에서 우러나온 그 질박한 서정시가 좋았어.

북쪽은 고향

38

그 북쪽은 여인이 팔려간 나라
　　머언 산맥에 바람이 얼어붙을 때
　　다시 풀릴 때
　　시름 많은 북쪽 하늘에
　　마음은 눈감을 줄 모르다*

　여즉 살아 있다면 나를 간절히 보고 싶어할 텐데 말이야.
‘북에는 용악, 남에는 정주’라고들 했으니……”
　선생의 눈가는 어느새 가랑가랑한 무엇인가로 촉촉이 젖
어드는 것이었다.

　　　*이용악 「북쪽」.

발자국

밤새도록 파도는 밤섬머리를 들이받아
가장자리에 아름다운 세모래밭을 만듭니다
그러면 시베리아에서 날아온 자욱한 철새들이
거기에 매서운 첫 획들을 찍는데
그중엔 아주 작은 아기 것도 섞여 있어
파도가 다시 와선 뺨 부비곤 했답니다

2011년 2월 24일, 리비아에선 무슨 일이 일어났는가?

지중해 연안의 주요 도시 벵가지, 미수라타, 베이다, 투브루크, 살룸, 아즈다비야, 주와라 등이 반정부 시위대의 손에 넘어간 가운데 국영 텔레비전에 나와 시위대를 향해 "바퀴벌레" "살찐 쥐새끼"라는 거친 표현을 써가며 순교자로서 "마지막 피 한 방울이 남을 때까지 싸우겠다"면서 "내가 명령하면 모든 게 불탈 것이다"라고 외쳤던 무아마르 카다피 리비아 국가원수는 24일 다시 텔레비전에 나와 내전에 준하는 이 혼란이 알카에다의 사주에 의한 것이며, "마약과 술에 전 젊은이들 탓"이라며 "이 모든 상황이 코미디"라고 일축했다.

그러나 카다피의 유혈진압으로 최소 230명이 숨지고 1000여 명이 부상한 민주화 시위의 진원지이자 리비아에서 두번째로 큰 도시인 벵가지 광장엔 이날 수많은 시민들이 쏟아져나와 피의 댓가로 얻은 '자유'에 환호했다. 벵가지는 이제 시민들이 자체적으로 꾸린 '인민위원회'가 질서를 유지하고 있는 가운데 병원과 정부 건물엔 1969년 카다피의 혁명 전 이드리스 왕정 때 사용했던 초승달과 별이 그려진 삼색기가 내걸렸다고 한다. AK소총으로 무장한 시민군은 곳곳에 플라스틱 폭탄, 로켓, 기관총, 심지어 대공화기의 공격으로 인한 인민 학살의 흔적이 남은 거리를 활보하면서 "우리가 큰 싸움에서 이겼지만 아직 전쟁에선 이긴 게 아니다"라고 말했다.

이를 증명하듯 벵가지에서 서쪽으로 1000킬로미터 떨어진 수도 트리폴리는 진입로마다 탱크들이 배치되고 대부분의 상가가 문을 닫아 생필품이 떨어지는 등 도시 기능이 마비된 채 '죽음의 그림자가 뒤덮은 유령도시'로 변했으며, 대신 수천명의 용병으로 구성된 '이슬람 범아프리카 여단'과 카다피의 아들 카미스가 지휘하는 '카미스여단' 등 친위 특별여단인 민병대들이 시내 주요 길목에 바리케이드를 치고 "반정부세력 색출에 나서면서 무차별 학살을 자행하고 있"으며, 카다피가 거주하는 아지지야 구역은 3000명으로 구성된 '혁명수비대'가 요새화했다고 한다. 게다가 "무장한 용병들이 도처에 퍼져 있어 시민들은 창문이나 문을 열 수도 없"으며 저격수들이 건물 곳곳에 배치되어 "인간 사냥을 하고 있다."

25일 금요예배가 있는 트리폴리에선 이들의 일대 혈전이

예고되어 있는데, 리비아 최대 정유공장과 석유 수출시설이 있고 트리폴리에서 불과 48킬로미터밖에 떨어지지 않은 지중해 연안 도시 자위야에서 24일 양측간 충돌이 발생, 최소 100명이 사망했으며, 시위대 거점인 자위야 이슬람사원은 이날 보안군의 대공 미사일과 자동화기의 공격으로 무슬림의 상징인 첨탑이 날아갔다.

* 한겨레 2011.2.24.~26, 한국경제, 조선일보, 문화일보, 국민일보 2011.2.25. 참조.

준희빈

강변북로에서 양화대교 바로 못 미쳐, 그러니까 양화진 천주교 성지를 지나 지하도로 접어들었다가 곧바로 우회전 하면 나타난다. 준희빈. 널따란 정원이 딸려 있고 동향으로 창이 나 있는. 그곳이 뭐 하는 곳이냐고 묻지는 마라. 그냥 우리들의 휴식처, 쓸쓸한 영혼들의 거소라고나 할까?

내가 그곳을 드나들기 시작한 건 불과 수년 전부터지만 나는 준희빈이 저 박정희 시대의 제2한강교 시절부터 있었 다는 걸 알고는 깜짝 놀랐다. 합정동은 물론이고 홍대 앞 일원이 거의 텅 빈 벌판이었을 무렵에도 준희빈은 거기 서 서 담쟁이넝쿨이 덮인 서양풍의 붉은 벽돌색 건물을 자랑 하고 있었다.

지금은 거대 빌딩들의 숲에 갇혀 많이 낡고 좁아 보이지 만 프런트에 가면 거구의 모시 치마저고리 할머니 한 분이 앉아 안경 너머로 오늘의 손님을 꼼꼼히 살피는 곳. 준희 빈은 약간은 거만한 자세로 서서 그렇게 우리를 맞고 보냈 다. 80년대 한때는 어둑한 1층 레스토랑이 비밀문건을 주고 받던 운동권 학생들의 아지트이기도 했던 곳. 그러나 그보 다는 모든 사랑하는 연인들의 비트. 창문을 활짝 열고 런닝

바람으로 팔짱을 낀 채 휘리릭 휘파람을 날리고 싶은 곳,
아니 외로운 사람들의 아늑한 거처. 그곳이 지금 어디에 있
느냐고 묻지는 마라. 준희빈.

고급 사료

구제역으로 새벽까지 1백여 마리의 소를 살처분해야 했던 파주의 어느 축산농가, 독극물 주사를 든 수의사가 다가오자 죽음을 직감한 소는 새끼 소를 가랑이에 넣고 끝까지 안 내놨다고 합니다. 수의사도 울고 축산농민도 끝내 울음을 터뜨리고 말았다고 합니다.

"전부 다 내 손으로 받은 건데…… 다 크지도 않았는데……" "마지막으로 많이 먹고 가라고…… 그래서 사료도 많이 줬어요. 고급 사료로……"*

* MBC 뉴스(2010.12.24.) 참조.

어느 성화(聖畵)

아기 예수가 오셨다는 영하 17도의 성탄 전야, 우성아파트 가는 언덕길 초입에서 군고구마장수 부부가 장작불이 이글거리는 화덕의 연통을 양쪽에서 꼭 끌어안은 채 칼바람을 맞고 있었는데, 나무뿌리처럼 강인하게 얽힌 그들의 두 팔을 지상의 그 누구도 다시는 떼어놓을 수 없을 것 같았습니다.

제2부

저녁의 몽상

사는 것이 사는 것 같지 않고 으스스 몸이 시릴 때, 아니 내 삶이 내 삶으로 도저히 용납되지 않을 때, 그것이 또한 오로지 남의 탓이 아닐 때 등을 돌리고 서면 거기 안서호의 황혼녘에 오리들이 몇 유쾌한 직선을 그으며 나아가고 있었나니, 나 425호 남의 연구실 유리창에 이마를 갖다대고 그것들의 한없이 자유로운 유영을 지켜보곤 하였으나 내가 저 오리가 되기엔 너무 늙었거나 조금 일렀으며, 생은 어디에 기댈 데도 없이 저처럼 뭉툭한 머리를 내밀고 또 물밑에선 죽어라고 갈퀴질을 해대며 쌩까라*고 저 홀로 갈 데까지 가보는 것이라고 다짐하곤 했는데, 그때쯤이면 해가 풍덩 가라앉은 저녁 안서호의 따스한 물결이 내 가슴 통증께로 조금씩 밀려오곤 해 나는 서둘러 텅 빈 가방을 챙겨 의대에서 오는 여섯시 막차 퇴근버스를 타러 언덕길을 총총히 내려가곤 했다.

* '쌩까다'라는 경상도 사투리는 이성복의 시(「관심을 끌기 위해서였다」, 『달의 이마에는 물결무늬 자국』, 열림원 2003)에서 빌려옴.

이런 유배

　조선시대에 사형 다음으로 무거운 형벌이 바로 유배형이 었는데, 유배인이 어떤 신분이냐에 따라서 압송관도 달랐을 뿐만 아니라 유배길의 형편이 아주 달랐다. 예컨대 평천민들은 밤새 잠도 자지 않고 새벽부터 밤늦게까지 걸어가야 했으나, 힘깨나 쓰는 양반 관리들은 지나는 고을의 수령으로부터 극진한 대우를 받는가 하면 선산에 들러 한가로이 성묘도 하고 며칠씩 쉬어가는 여유도 부렸다 한다.

　예를 들면, 경종 2년(1722) 위리안치(圍籬安置)의 명을 받고 갑산 유배길에 오른 윤양래(尹陽來)는 18일 여행 동안 가는 곳마다 고을 수령과 지인으로부터 후한 대접은 물론 노자를 받았으며, 선조 22년(1589) 길주로 유배된 조헌(趙憲)은 경유지인 안변에서 부사와 활쏘기와 만찬을 즐기다가 다음날 아침 술이 깨질 않아 출발하지 못하는 웃지 못할 일도 있었다고 한다.*

---

* 심재우 「유배길 이야기」, '실학산책' 170호(2010.10.22.), 다산연구소.

옛날 열차

오전 10시 3분 서울역을 출발한 순천행 1271 무궁화호는
늘 가던 서대전, 익산, 전주 노선을 버리고 갑자기 방향을
바꿔 대전, 동대구, 삼랑진, 마산, 내서, 가야, 진주, 하동, 진
상, 옥곡을 거쳐 해가 설핏 기울 무렵인 저녁 6시 13분 머리
를 들어 슬픈 기적을 울리며 조랑말들이 낮은 발굽을 치며
우는 구 순천역사에 도착하다.

육십년

"데름이 막 태어나던 해 내가 이 마을로 시집오지 않았는 교? 그러니 벌써 육십년이 넘었네그려." 마을회관에서 만난 쾽몰댁 아짐은 내 손을 마주잡고 새색시처럼 얼굴이 마구 달아오르는 것이었다.

사변이 지속되던 무렵, 지리산 청야작전으로 그의 집 안채에 옷궤를 맡겨놓고 사흘이나 나흘에 한번씩 옷을 갈아입으러 가던 그 어둑어둑한 골목 끝 집이 생각난다. 그리고 토굴 같은 방에서 석유등을 밝혀 들고 우리 식구들을 맞곤 하던, 어느해 송이눈이 마을을 덮던 겨울밤 산사람들 짐꾼으로 옷궤를 짊어지고 천황재를 넘어가 끝내 돌아오지 않은, 소처럼 겁이 많고 눈이 크던 그의 선한 남편도 생각난다.

저세상

평생을 저 앞들에 엎드려 일하시다
죽어 북망이라 찾아든 곳이 겨우 동네 뒷산 야트막한 가
래뜸
흥대댁 논실댁 곡성댁 새터댁 냇가물댁 들이
앞서거니 뒤서거니 사이좋게 누워 때론 더운 김도 내뿜
으며
저세상을 새로 살고 계시구나

박용래를 훔치다

이른 아침에 오는 봄비는 가로등 긴 그림자를 쪼으며 온다

이른 아침에 오는 봄비는 마당에 갓 풀어놓은 병아리떼 왁자히 지저귀는 소리로 온다

이른 아침에 오는 봄비는 먼바다의 시푸른 콧등을 타고 넘어서 오는 숭어의 쫙 찢어진 비린내로 온다

이른 아침에 오는 봄비는 타클라마칸 사막에 누운 누군가의 섬광 같은 눈동자를 적시며 온다

이른 아침에 오는 봄비는 원효3가 좋은주유소의 벤젠 냄새도 반드시 섞여서 온다

밑줄을 긋다

슬라보예 지젝의 책을 읽어나가다가 나는 다음 구절에서 밑줄 긋는 것을 잊지 않았다.

"내가 즐겨 드는 예 가운데 하나를 말하자면, 홀로코스트를 구상한 장본인 라인하르트 하이드리히(Reinhard Heydrich)는 한가한 저녁 시간에 친구들과 더불어 베토벤의 후기 현악사중주를 연주하기를 좋아했다."*

군모를 벗어 벽에 걸어놓고 삼삼오오 혹은 서고 혹은 걸터앉아 "Übrigens……" 어쩌구 하면서 담소하는 정복 차림의 그들이 떠오른다. 그리고 눈을 지그시 내리감은 다음 털복숭이 두 손을 막 피아노 건반 위에 갖다대는 라인하르트 하이드리히의 지극히 평온한 얼굴이 커튼 자락 사이로 얼핏 스친다.

* 슬라보예 지젝 『처음에는 비극으로, 다음에는 희극으로』, 김성호 옮김, 창비 2010, 83면.

56

평일

후농(後農) 김상현 선생이 방북했을 때의 일이라고 한다. 사오십 도짜리 평양소주가 몇순배 돌고 나자 거나해진 후농이 입을 열었다.

"우리 전라도 사람들은 말이여, 헐 말이 있으면 우선 참지를 못혀. 그러고 말투가 좀 거칠어뿌러. 그러니 먼저 양해를 구해야겠구면."

그러고 나서 그가 터뜨린 말이 걸작이었다.

"야 이 빨갱이새끼덜아! 육이오 때 말이여, 쳐들어올려면 평일을 골라서 와야제 해필이면 남들이 다 잠든 일요일 새벽을 골라서 올 건 뭐여? 이 순 빨갱이새끼덜 겉으니라구! 그때 우리가 월매나 고생들 했는지 알어?"

동석했던 북측 인사들은 물론 함께 간 남측 의원들도 후농의 이 느닷없는 일갈에 얼굴이 붉으락푸르락 크게 당황했다고 하는데, 정작 후농 자신은 언제 그랬느냐는 듯 마주앉은 리종혁 아태위 부위원장을 향해 잔을 내밀며 이렇게 말했다고 한다.

"아따, 뭔 쐬주가 이리 독허다냐이?"

저녁에

마른 나뭇잎 하나를 몸에서 내려놓고
이 가을 은행나무는 우주의 중심을 새로 잡느라고
아주 잠시 기우뚱거리다

해골들

오늘밤 피아골에 250밀리 폭우가 쏟아진다고 한다
빗점골 이쪽저쪽에 마지막 비명 지르다 묻힌 그날의 젊
음들
내일이면 무너진 계곡 아래로 쓸려나와
이 빠진 할아버지들처럼 흐흐 히히 웃고 있겠구나

고 신현정을 생각함

비 온 뒤 하늘나라에서 내려오신 은모래 속에는
거위의 발자국과 꽥꽥 소리와
먼 마을의 저녁답과 짙푸른 연기,
그것들을 몰고 가는 빼딱한 소년의 걸음걸이도 깃들어
있어요

즐거운 일!

천안 톨게이트 바로 입구에 새로 들어선 '고품격 하늘장 례식장' 모델이 하필이면 연극배우 윤문식씨라, 검은색 정 장에다 넥타이까지 매고 "편안히 모시겠습니다"라는 입간 판 아래 매우 근엄한 표정을 짓고 있음에도 정작 그곳을 드 나드는 문상객들은 물론이고 상주들 또한 그의 그 가늘은 눈웃음과 금방이라도 무슨 말이 튀어나올 것 같은 장난기 가득한 입모양을 보고는 웃음을 참지 못하고 망인(亡人) 앞 에서 공순히 절을 올리다가도 그만 피식 웃고 만다고들 하 는데, 생각해보면 그 또한 생(生)의 즐거운 일!

복구

  화엄사 들머리 산채정식집에 사는 복구라는 개는 사천
왕상 같은 험악한 얼굴에다 승냥이 같은 덩치로 마구 짖어
대는 바람에 이 집의 유명한 비빔밥 소문을 듣고 마당에 들
어서는 사람마다 깜짝 놀라게 해 입이 건 주인마님에게 늘
"저 개 같은 새끼!"라는 야단을 맞습니다. 그런데 이 세상
의 단 한 사람, 연주암 사는 방장 스님의 사미승에게만은
미소년처럼 굴어 사립 밖에 그의 발짝소리만 들렸다 하면
불같이 달려나가 가슴까지 뛰어오르며 죽고 못살아 둘 사
이가 이상한 관계라는 소문이 인근에 자자하다고들 하는
데, 하여튼 화엄사 범종각의 범종소리가 산자락을 은은히
적시며 울려퍼지는 저녁 무렵이면 심부름 왔던 고운 사미
승을 따라 연주암 가는 산기슭을 고개를 주억거리며 걷는
복구군의 공순한 모습을 자주 보게 됩니다.

아침이 오다

방금 참새가 앉았다 날아간 목련나무 가지가 바르르 떨린다

잠시 후 닿아본 적 없는 우주의 따스한 빛이 거기에 머문다

최후진술

판사가 최후진술을 하라고 하자 피고석에서 수갑을 찬 채 엉거주춤 일어난 늙수그레한 대학생 김남주가 법복을 입고 안경을 쓴 갸름한 얼굴의 판사를 정면으로 바라보며 말했다. "한마디로 좆돼부렀습니다!" 여기저기서 키득거리는 웃음소리가 들리고 법정 안이 잠시 소란했다. 1973년 12월 28일 광주지법, 지하신문 『고발』지 결심공판정에서의 일.

자연 속에

지상에서의 울음을 다 운 매미가 앞발과 가슴을 나무에 꽉 붙인 채 순명(順命)하고 있다. 나는 날개 달린 그것의 몸통을 떼어내 자연 속에 가만히 놓아주었다.

옛 마당을 그리워함

　태풍 곤파스가 철탑을 무너뜨리고 항구의 배를 묶고 모든 문명을 비웃으며 무서운 속도로 북상하는 동안, 나는 영도네 집 잘 쓸어놓은 옛 마당이 그리웠다. 홀엄씨를 닮아 하도 정갈하여 뺨이라도 갖다대고 싶은 대빗자루 자국 선명한 그 마당에 가 자치기를 꼭 한번 하고 싶다.

소주 한잔

　오랜 수배생활 끝에 붙들린 지하형이 남산 중앙정보부 지하실에 끌려갔을 때의 일이라고 한다. 구둣발 소리도 요란히 수십명의 수사관들이 계단을 내려와 들이닥치자, 의자에서 벌떡 일어난 형이 맞은편의 수사 책임자인 듯한 사람에게 말했다. "소주 한잔 주시오! 손님에게 그 정도의 예의는 지킬 줄 알아야지!" 구두 발짝 소리들이 갑자기 조용해지고, 그 책임자가 말했다. "역시 김지하는 김지하다! 얘들아, 손님에게 소주 한잔 정중히 올려라."

6국

남산 1호터널 옆에 박통 시절의 정보부 6국이 있었지. 한 번 들어갔다 하면 뼈도 못 추리고 나오는 곳. 으스스한 철문을 열고 검은색 차가 미끄러져 들어가면 검정 고무신에다 군복으로 갈아입고 백묵으로 '2573'이라고 씌어진 흑판 앞에서 사진을 찍어야 했지. 꼭 간첩이 된 기분이었지. 그러나 그곳도 시간이 지나다보면 사람 사는 곳. 밤 11시쯤 되면 수사관들 중 막내가 장충동이나 충무로로 나가 족발이나 충무김밥을 사와 술판을 벌이곤 했지. 한잔 술이 거나해지면 지네들이나 나나 다 같은 인간. "어이, 자네 친구 송기원이는 왜 길을 갈 때 한번도 뒤돌아보는 적이 없지?" "내가 그걸 어떻게 알아요? 아마 습관이겠지!" "그 자식 아직 정신 못 차렸더군. 주제에 '한겨레'라는 찌라시에다 자넬 석방하라고 썼어."

철제 침대를 펼치고 군용담요를 덮고 누우면 도무지 내일을 알 수 없는 깜깜한 절벽. 수사관들이 하루종일 내가 쓴 진술조서를 뒤적거리느라 부스럭거리는 소리에 잠을 깨곤 했는데, 아침이 와 다시 혈압을 재는 뚱뚱한 의사가 다녀가고 식판에 담겨온 까슬한 밥을 먹고 나면 "그러니까 말

이야,『꽃 파는 처녀』는 왜 읽었어? 그리고 여기엔 밑줄도
그었잖아? 이유를 대봐!"자욱한 담배연기 속에 어제와 똑
같은 지루한 심문이 이어지는 것이었다.

남매

대학 2학년 겨울 안양유원지, 도라지 위스키에 취해 나를
믿고 따르던 한 학년 아래 여학생에게 실수한 적이 있다.
그 후로 40년 만에 그녀를 불러내 그때의 일을 사과했다. 밤
11시 넘은 이대 앞 통닭집에서. 변한 것은 별로 없었다. 이
마에 주름이 몇 갔던가? 이루어질 수 없는 희망이겠지만,
그해 여름 이리에서 논산 가는, 먼지 자욱이 날리던 가로수
길을 다시 한번 가고 싶다고 했다. 눈부신 햇빛 아래 완행
버스는 자갈들을 튀기며 달리고, 우리는 그날 지상에서 가
장 아름다운 남매였다.

집지킴이

 농약 때문에 구렁이들이 완도를 제외하곤 한반도에서 모두 사라졌다고 한다. 어릴적 마루에 엎드려 방학숙제를 하다 무언가 섬찍한 느낌이 들어 머리를 들면 돌담을 타고 스르륵 미끄러져가던 어른 팔뚝 굵기만하던 구렁이, 슬로우비디오처럼 느릿느릿 배를 밀어 돌담 끝에 이르면 산보 나오신 할아버지처럼 꼭 한번 고개를 돌려 어린 나를 힐끔 내려다보곤 했다.

이 밤에

한가위 달빛 아래 세상의 모든 무덤들 평등하구나
 그 아래 아웅다웅하시던 우리 아버지 어머니 무덤도 평
등하구나

눈동자

인도 여인의 눈동자를 바라보고 있으면
인간의 깊은 곳에서 걸어나온 영혼을 만난 것 같다
그리고 머릿속으론 갠지스 강물이 마구 출렁인다

소년 조태일

2009년 9월 5일

조태일 시인 10주기 추모제 지내러 내려간 동리산 태안
사 입구

구중서 선생이 내 어깨를 잡고 가만히 말했다

"저기에 꼭 조태일 같은 소년이 앉아 있네!"

돌아보니 능파각 아래 비탈진 오솔길로 덩치 큰 소년의
그림자가 막 사라지고 있었다

제3부

근성

바지락을 키워낸 갯벌의 힘은 도대체 어디서 오는 것일까? 인사동 조개탕집 펄펄 끓는 국물 속에서도 넓고 푸른 바다의 어금니를 꽉 문 채 끝끝내 입을 열지 않는 녀석들이 있다.

아침에

　팔리고 남은 숭어 한 마리가 순한 눈망울로 수족관 안을
어슬렁거리고 있다
　주인이 째진 눈으로 그것을 바라보고 있다

저녁의 풍경

하나슈퍼 아래 보미네 과일야채가게 아저씨가 저녁일을
마치고 마누하님 곁에서 TV 연속극을 보다 고개를 갸웃이
수그리며 웃고 있는데 지상에 하느님의 모습이 있다면 바
로 저런 모습일까.

겨울날

영하 13도의 연희동 겨울날 아침, 백년추어탕집 수족관 수염 난 미꾸라지들이 꼬리를 말아 세운 채 꽝꽝 얼어붙어 있다. 자세히 보니 없는 팔을 필사적으로 내밀어 서로의 목을 따스히 끌어안고 있다.

아름다운 대담

　무위당(无爲堂) 장일순 선생이 노자의 유토피아 사상이 담긴 '소국과민(小國寡民)' 장의 마지막 문장 "이웃 나라가 서로 바라보고 닭과 개의 울음소리가 서로 들려도 백성들은 말이지 늙어서 죽도록⋯⋯"을 읽어나가자 대담중이던 이아무개 목사가 느꺼워 물었다.

　"이런 나라가 과연 오늘 이 땅에서 이루어질 수 있을까요?"

　"자네는 예수님이 말씀하신 하느님 나라가 과연 오늘 이 땅에서 이루어질 수 있다고 보나?"

　"어떤 사람한테는 가능하다고 봅니다."

　"노자가 말씀하신 하느님 나라, 도(道)의 나라도 어떤 사람들한테는 가능하지 않겠어?"

　"도로써 살아가는 사람이라면 서울 종로 한복판에서도 얼마든지 도연명의 '도화원경(桃花源境)'을 살 수 있다는 그런 말씀입니까?"

　"그래. 복사꽃은 결국 사람들 마음에 피는 꽃이거든. 도시를 떠나 산촌으로 들어가는 것이 곧 사람답게 사는 길이라고 보는 건 너무 치졸해. 그건 아니잖은가? '도시'를 거부

하자는 말은 옳지만 그 말을 문자 그대로 이해해서는 곤란
하지."

　"오늘은 그만하지요. 자꾸만 가슴이 떨리고……"

　"두려워 말게. 세상이 내일 끝장나도 오늘 나는 사과나무
를 심겠다고 말한 사람이 있잖아? 자네가 홀로 지구의 운
명을 어깨에 질 수는 없어. 자네는 자네한테 지워진 멍에만
지고 가란 말이야. 그걸로 만족하라구. 자네는 말이지, 이
우주의 크기에 견주면 바닷가의 모래알 하나보다도 더 작
은 존재라 이 말일세."

　"고맙습니다, 선생님."

* 이아무개 대담·정리 『무위당 장일순의 노자 이야기』, 삼인
2003, 715~16면에서 발췌 인용.

아침

일만오천 미터 상공에서 내려다본 울란바토르 쪽엔 아무
것도 보이지 않았다

다만 난반사하는 햇빛 아래 드넓게 펼쳐진 초원 위로 게
르 한 채가 붕긋했다

눈부셨다

그 옆으론 이제 막 젖을 뗀 어린 양들도 몇마리 서로의
코를 부비고 있으리라

겨울은 깊어간다

순록이 그 순한 뿔을 흔들며 겨울 툰드라를 질주한다. 이
누이트족 사냥꾼 소년은 바닥에 착 엎드린 채 아까부터 그
를 정조준하고 있다. 무리에서 떨어져나온 순록은 달리면
서도 꼭 한번 뒤를 돌아다보기 때문이다. 한참을 달리던 순
록이 무엇을 깜빡 잊었다는 듯 갑자기 돌아서서 소년 쪽을
바라본다. 기다렸다는 듯 탕, 하고 소년의 장전된 총알이 푸
른 하늘을 뚫고 나간다. 옆구리를 관통당한 순록이 비칠비
칠 제자리를 두어 바퀴 맴돌다가 찬 바닥에 무릎을 꺾고 얼
굴을 묻는다. 세상은 이렇듯 냉정한 것이다! 그리고 극지의
겨울은 한결 더 깊어간다.

아, 이런 시는 제발 그만 쓰고 싶다

이스라엘과 가자지구 국경지대는 망원경과 도시락 등을 준비해 전쟁 현장을 구경하러 오는 이스라엘인들로 북적댄다고 한다. 이들은 폭격으로 가자씨티에 검은 연기가 치솟을 때마다 큰소리로 "브라보!"를 외친다.

'한겨레'엔 스페인 바르쎌로나 시위대가 '다윗의 별' 대신 나치 독일의 상징인 스바스티카(卍) 문양을 가운데에 집어넣은 이스라엘 국기를 불태우는 사진이 실렸는데, 이들의 주장은 이스라엘의 민간인 살상이 나치의 홀로코스트 학살과 무엇이 다르냐는 것이다.

그렇다면 도심 시가전이 벌어지고 있는 가자의 실상은 어떠한가. BBC 방송은 한마디로 "가자 상황이 대재앙의 최정점에 있다"고 했다. 그리고 AP통신은 알쿼즈 병원의 한 의사의 말을 인용해 "쥐와 개 들이 시체를 뜯어먹는 것을 동료들이 봤지만 어떻게 할 도리가 없었다"는 끔찍한 사실을 전한다. 그리고 이스라엘군은 자신들이 폭격한 집에 사흘 동안 구조대의 접근을 막았는데, 살아 있는 아이들 넷이 두 어머니의 주검 곁에서 먹을 것을 달라고 울부짖고 있었다고 한다. 18개월째 이집트와의 국경을 봉쇄당한 가자지

구엔 의약품도 이발소 가운도 전기도 음식도 티슈도 깨끗한 물도 없다. 이것이 지금 이곳의 인도주의의 실상이다.

그런데 이스라엘 일간지『마리브』의 조사에 의하면 영국 프랑스 독일 이딸리아 스웨덴을 비롯한 전세계 여론의 들끓는 반대에도 불구하고 이스라엘 유대인 95퍼센트가 가자 침공을 지지하고 있다고 한다. 아, 그러나 제발 '브라보'는 외치지 말기를!

북극의 겨울

 이틀을 굶은 새끼 곰 두 마리가 안 나오는 어미젖을 찾느라고 머리를 서로 부딪는 사이, 두 달을 내리 굶은 어미곰은 눈 언덕에 혼곤히 기대어 두 눈을 갸웃이 뜨고 아직 얼지 않은 겨울 바다를 바라본다. 아, 툰드라에도 이들의 새벽은 멀었나보다.

싸락눈 내리는 저녁

싸락눈 내리는 저녁, 길을 걷는데 누군가 뒤에서 부르는 것 같아 돌아보니 부르는 사람은 없고 그때 막 그런 생각이 드는 것 있지. 누군가 내 생을 다 살아버렸다는 느낌! 그런데 그 누군가는 누구이며, 과연 나에게 생 같은 것이 있기는 있었을까? 잘 구르지 않는 수레에 시커먼 연탄 같은 것을 싣고 가파른 언덕길을 죽어라 밀고 왔다는 느낌뿐. 그런데 코밑에 연탄가루 잔뜩 묻은 그것을 생이라 부를 수 있을까?

싸락눈 그친 저녁, 길을 걷는데 누군가 뒤에서 부르는 것 같아 돌아보니 아무도 없고 그때 막 그런 생각이 드는 것 있지. 누군가 내 생을 다 살고 간 것 같은 느낌! 그런데 그 누군가는 도대체 누구이며, 과연 내가 이 생에 있기는 있었을까? 시간은 때로 뱀처럼 미끄럽게 손아귀를 빠져 달아났고 운명은 늘 제 얼굴을 가린 채 차갑게 나를 스치고 갔을 뿐 한번도 제 모습을 똑바로 보여준 적이 없지. 그리고 갑자기 생각난 듯 이렇게 싸락눈 내리는, 그친 길 위에 문득 나를 멈춰세워 날카로운 질문만 던질 뿐. 과연 내가 살기는 살았을까? 아니, 생을 제대로 살고 있기는 있을까?

행복도시

듣자하니 독일 뉘른베르크 부근에 '행복도시'가 있다고 그래. 시민들이 양손에 스키 폴대를 들고 춤추듯이 성큼성큼 숲속의 자연 길을 걷는 모습이 그렇게 평온하고 맑아 보일 수가 없더군. 아니, 시장이 TV에 직접 나와, 일하는 것도 돈 버는 것도 중요하지만 그보다 더 가치있는 것은 각자가 자신의 삶을 어떻게 사는 것이냐고 하더군. 즉 천천히 살면서 인생의 의미를 생각하는, 글자 그대로 스스로의 깊은 삶을 살자는 것이야. 그래서 '슬로우 라이프'가 시의 목표래. 자기 고장 인근에서 생산되는 유기농 먹거리로 학교 급식을 받는 아이들의 표정도 그렇게 밝고 씩씩해 보일 수가 없었어.

툭하면 경제가 어렵다고 나라의 수뇌부가 지하 벙커에 들어앉아 비상대책회의를 주재하면서 첫째도 일자리, 둘째도 일자리라며 멀쩡한 자연하천에 '4대강 정비사업'을 한다고 몇십조원을 쏟아부으며 다함께 삽자루를 들자고 외치는 곳! 아, 이제 그런 나라엔 더이상 살고 싶지가 않아. 전투하듯이 걷고 전쟁하듯이 밥 먹고 오로지 일밖에 모르는 나라의 행복지수가 전세계에서 몇위인지나 알아? 조사 대상

178개국 중 103위야.

　듣자하니 독일 남부 어디에 헤르스부르크라고 하는 아주 작은 행복도시가 있다고 그래. 그런 곳에 가서 한 이삼년 푹 살다 오고 싶어. 아니, 돌아오고 싶지 않아. 아침마다 스키 폴대를 양손에 짚고 준비운동을 하고 난 뒤 세상에서 가장 아름다운 천연 강변길을 걷고 싶어. 천천히 아주 천천히 발밑을 내려다보면서 인생이 무엇인지를, 다른 삶이 아닌 바로 나 자신의 삶을 어떻게 살아야 할지를 생각하면서.

경찰은 그들을 사람으로 보지 않았다

경찰은 그들을 적으로 생각하였다. 2009년 1월 20일 오전 5시 30분, 한강로 일대 5차선 도로의 교통이 전면 통제되었다. 경찰 병력 20개 중대 1600명과 서울지방경찰청 소속 대테러 담당 경찰특공대 49명, 그리고 살수차 4대가 배치되었다. 경찰은 처음부터 철거민을 사람으로 생각하지 않았다. 한강로2가 재개발지역의 철거 예정 5층 상가 건물 옥상에 컨테이너 박스 등으로 망루를 설치하고 농성중인 세입자 철거민 50여 명도 경찰을 사람으로 생각하지 않았다. 대신 최후의 자위책으로 화염병과 염산병 그리고 시너 60여 통을 옥상에 확보했다. 6시 5분, 경찰이 건물 1층으로 진입을 시도하자 곧바로 화염병이 투척되었다. 6시 10분, 살수차가 건물 옥상을 향해 거센 물대포를 쏘았다. 경찰은 물에 빠진 생쥐처럼 흠뻑 젖은 시민을 중요 범죄자나 테러범으로 생각하는 듯했다. 6시 45분, 경찰특공대원 13명이 기중기로 끌어올려진 컨테이너를 타고 옥상에 투입되었다. 이때 컨테이너가 망루에 거세게 부딪쳤고 철거민들이 던진 화염병이 물대포를 갈랐다. 7시 10분, 망루에서 첫 화재가 발생했다. 7시 20분, 특공대원 10명이 추가로 옥상에 투입되었다. 7시 26분, 특공대원들이 망루 1단에 진입하자 농성자들이 위층으로 올라가 격렬히 저항했고 이때 내부에서 벌건 불길이 새어나오기 시작했으며 큰 폭발음과 함께 망루 전체가 화염에 휩싸였다. 물대포로 인해 옥상 바닥엔 발목까지 빠질 정도로 물이 흥건했고 그 위를 가벼운 시너가 떠다니고 있었다. 불길 속에서 뛰쳐나온 농성자 3, 4명이 연기를 피해 옥상 난간에 매달려 살려달라고 외쳤으나 아무도 그들을 돌아보지 않았다. 그들은 결국 매트리스도 없는 차가운 길바닥 위로 떨어졌다. 이날의 투입작전은 경찰 한 명을 포함, 여섯 구의 숯처럼 까맣게 탄 시신을 망루 안에 남긴 채 끝났으나 애초에 경찰은 철거민을 사람으로 생각하지 않았으며 철거민 또한 그들을 전혀 자신의 경찰로 여기지 않았다.

대지는 그들을 기억하지 못했다

"우리는 대지를 사랑했으나 머물 수 없었다."

로렌 아이슬리라는 미국 고고학자와 그의 부인의 묘비명이다.

허락한다면, 나는 그들의 아름다운 묘비명을 아래와 같이 고치고 싶다.

"그들은 대지를 사랑했으나 불행히도 대지는 그들을 기억하지 못했다"라고.

그에게 묻는다

"나는 아무것도 바라지 않는다. 나는 아무것도 두려워하지 않는다. 나는 자유다."

고향 크레타 섬에 있는 니코스 카잔차키스의 묘비명이다. 과연 그랬을까? 그는 정말로 아무것도 원하지 않았으며 아무것도 두려워하지 않고 영혼은 오로지 에게해를 가르고 나아가는 첫 돛단배처럼 자유 그 자체였을까?

이순의 아침

어렸을 적 소 몰고 섬진강에 나가 멱감다가 급류에 휩쓸려 그 무섭다는 용소에 빠진 적 있지. 시퍼런 물살이 기다렸다는 듯 나를 끌고 캄캄한 심연까지 내려갔다간 다시 올라오기를 수십 번, 바닥에 닿으려 발을 굴러봐도 팔을 뻗어 헤엄쳐 나오려 해도 소용돌이는 빙글빙글 내 몸을 안고 어지러이 제자리를 맴돌 뿐 아, 이젠 죽었구나라고 단념했을 때 어디서 야차같이 아귀 센 힘이 나를 낚아채 물 밖으로 내달아가는 것이었다.

모래밭에 거꾸러진 채 잠시 혼절했다가 먹은 물을 다 토하고 나서 올려다보니 거기 농업학교 다니는 무쇠 팔뚝의 육촌형이 씨익 웃고 서 있었다. 새삼 그 형의 건장한 미소가 그리워지는 이순(耳順)의 아침이다.

한 동네 사는 여자

머리를 풀어헤친 채 장바구니를 들고 국민은행으로 쏘옥 들어가는 노향림씨를 보았다. 시인 노향림도 아니고 주부 노향림도 아닌, 그 무엇으로 자신을 꾸미지 않은 천연의 노향림씨를. 눈을 발끝에만 집중한 채 그는 아무것도, 심지어 지금 자기 자신이 어디에 있는지조차 전혀 의식하지 않는 것 같았다. 은행 밖에서 치기배처럼 삐딱하게 서서 저 순수 자연을 기다려볼까 하다가 나는 그냥 기분이 우쭐해져서 발걸음도 가벼웁게 집으로 돌아오고 말았다.

게르니까

1950년 한국전쟁 발발 직후 부산형무소, 소년의 앳된 얼굴도 끼인 수백명의 홑바지 차림의 죄수들이 허리에서 허리를 한 줄 오라에 묶인 채 트럭에 실려 어딘가로 막 호송되고 있다.

저것이 학살이 아니라고 말할 수 있는 자 누구인가.

에르난데스

빠블로 네루다가 젊은 시인 미겔 에르난데스(1910~42)에게 말했다. "스페인 외무부의 고위직 인사에게 자네 취직자리를 부탁해두었으니, 어떤 직을 원하느냐?"고. 미겔 에르난데스가 한참을 생각하고 난 뒤에 그날 오후 숱 많은 영롱한 눈동자를 빛내며 네루다에게 답했다. "여기 마드리드 근처에서 염소나 치게 해달라!"고.

범종소리

머리를 들고 풀숲을 가르는 배암의 착한 배처럼

허공을 향해 차고 오르는 새들의 무서운 첫 발자국처럼

먼 산굽이를 돌아나가는 꽃상여의 은은한 요령소리처럼

내 놀던 모래사장에 쓸리는 외로운 조가비의 낮은 탄식

처럼

칭하이 가서

타얼사 입구에서 죽은 어머니를 만났다
턱을 떨고 계셨다
가서 알은체를 하였더니 모른다고,
나를 전혀 모른다고 하셨다

칭짱고원에서

염소야 너는 왜 하루종일 풀만 뜯고 있느냐
간혹 고개를 들어 착한 하늘도 보거라

인간 없는 세상

『인간 없는 세상』(원제: *The World Without Us*, 랜덤하우스코리아 2007)에서 지은이 앨런 와이즈먼(Alan Weisman)은 지구에서 인간이 사라진 이후의 세계를 시간대별로 예측한 주요 사건을 다음과 같이 상세히, 그리고 끔찍히 전한다.

2일째: 뉴욕 지하철역과 통로에 물이 가득 들어차 통행 자체가 불가능해진다.

7일째: 원자로 노심에 냉각수를 순환시키는 디젤 발전기의 비상연료 공급이 끊긴다.

1년째: 무선 송수신탑 경고등이 꺼지고 고압전선에 전류가 차단된다. 고압전선에 부딪혀 매년 10억 마리씩 희생되던 새들이 더 좋은 세상을 만난다.

3년째: 난방이 중단된 뒤 몇차례 겨울을 지나면서 배관들이 얼어터진다. 수축과 팽창을 거듭하던 건물이 손상된다. 벽과 지붕 이음매에 균열이 생기고 따뜻한 실내환경에 적응하던 바퀴벌레들이 멸종당한다.

10년째: 지붕에 구멍이 난 헛간이 허물어진다. 대부분 50년, 목조가옥이라면 10년 못 미쳐 집들이 무너진다.

20년째: 고가도로 강철기둥이 물에 부식되면서 휘어지기 시작한다. 파나마 운하가 막힌다. 밭작물이 야생종으로 변하여 인간의 입맛에 맞게 개량되기 전의 상태로 돌아간다.

드디어 100년째: 코끼리 개체수가 20배로 는다. 반면에 너구리, 족제비, 여우 같은 작은 포식자들은 인간이 남긴 생존력 강한 고양이들에 밀려 개체수가 현저히 준다.

300년째: 흙이 차오르면서 세계 곳곳의 댐들이 무너진다. 삼각주 유역의 휴스턴 같은 도시들은 물에 흔적도 없이 씻겨가버린다.

500년째: 온대지역 도시 교외는 숲으로 변해 개발 전 농민들이 처음 보았던 풍경으로 돌아간다.

다시 1000년 뒤: 뉴욕의 돌담들이 북극에서 밀려온 빙하 때문에 무너진다. 인간이 만든 구조물 중 영국-프랑스 간 해저터널만이 유일하게 남는다.

3만 5000년 뒤: 굴뚝산업시대에 침전된 납이 토양에서 말끔히 씻겨나간다. 그러나 카드뮴이 완전히 씻겨나가기까지는 4만년을 더 기다려야 한다.

10만년 뒤: 이산화탄소가 인류 등장 이전의 수준으로 돌아간다. 그러나 좀더 걸릴 수도 있다.

25만년 뒤: 플루토늄 핵폭탄의 방사능이 지구의 자연적인 배경복사 수준으로 떨어진다.

수십만~수백만년 뒤: 플라스틱을 분해할 수 있는 미생물이 진화한다.

1억 20만년 뒤: 인류가 남긴 청동조각품은 여전히 그 형태를 알아볼 수 있다.

30억년 뒤: 오늘의 인류로선 상상하기 어려운 새로운 생명체들이 번성한다.

45억년 뒤: 한국에 다량 저장돼 있는 미군의 열화우라늄(U-238) 탄약이 반감기에 이른다. 태양이 적색 거성으로 변하면서 지구가 뜨거워지기 시작한다. 미생물이 가장 오래 살아남는다.

50억년 뒤: 드디어 태양이 지구를 삼켜버린다. 그러나 영원히 인간이 남긴 라디오와 텔레비전 방송전파는 계속 외계를 떠돌아다닌다.*

* 한겨레 2007.10.27. '책과 세상'에서 재인용.

어린이노동

최근 급격한 성장으로 세계 경제의 중요한 축이 된 인도 경제의 20퍼센트가 8~14세의 어린이 노동력에 의존하고 있다고 영국『옵저버』가 유엔 보고서를 인용해 보도했다. 국제노동기구(ILO)도 인도의 어린이노동자 수가 세계에서 가장 많은 것으로 파악하고 있다. 가장 큰 문제는 협박과 구타 등으로 얼룩진 노동환경이라고『옵저버』는 말했다.

미국 의류회사 갭(GAP)의 뉴델리 공장에선 어린이들이 하루 16시간 노동에 시달리고 있다고 하는데, 한 어린이(10세)는 "돈 한푼 받지 못하고 넉 달째 일하고 있다"며 "부모가 나를 넘기고 받은 돈을 다 갚을 때까지 여기서 못 나간다"고 말했으며, 또다른 어린이(12세)는 "울기라도 하면 고무 파이프로 맞거나 입에 옷을 쑤셔넣는 벌을 받는다"고 했다.

인도 경찰과 시민단체, 언론이 급습·적발한 다른 섬유공장들의 형태도 크게 다르지 않아서 열살가량밖에 되지 않은 어린이들이 어두운 조명 아래서 바느질을 하고 있었다. 여론이 나빠지자 갭은 최근 "어린이노동은 결코 용납할 수 없다"며 관련 상품을 시장에서 회수했다고 하는데, 이는 이

회사가 다른 개발도상국에서 이미 익히 써먹은 수법이다.

　보다 심각한 것은 "어린이노동을 전면적으로 금지한다고 해서 이들이 학교에 다니며 생활에 필요한 모든 것을 얻을 수 있는 것은 아니"(인도의 일간지 『타임즈 오브 인디아』)라는 사실이다. 어린이노동자 대부분은 부모가 가족을 제대로 부양하지 못하는 빈곤층 출신이며, 공장이나 식당 등은 차라리 나으며 여기에서마저 일하지 않는 아이들은 구걸이나 범죄로 연명하고 심지어는 마약에 손을 대기도 한다는 것이다.*

* 한겨레 2007.11.3.

수북이

2007년 10월 27일 오전 여섯시. 동네 목욕탕에 가다가 얼
핏 보았다. 한 성자가 어둑한 나무그늘 아래서 열심히 비질
하고 있는 모습을. 곰처럼 두툼한 그의 발 앞에 하늘에서
춤추듯 내려온 듯한 나뭇잎들이 수북이 쌓이었다.

마차가 있는 풍경

프랑스 노르망디의 한 도시에서는 아침마다 통학버스 대신 친환경적인 19세기식 마차가 집집마다 들러 어린이들을 실어나르고 있다 하는데, 바람에 부드러운 갈기를 날리며 흰 콧김을 내뿜으며 천천히 거리를 오가는 말의 자태 또한 그린 듯이 아름다울뿐더러 그놈이 도심의 한복판에서 엉덩이를 들고 풀내음 가득한 똥을 마구 내지를 때엔 어른들은 물론 마차 안의 어린이들이 제일 환호한다고 한다.

제4부

한 석양

    속리산 법주사 오리숲길을 키가 낮으셔서 땅에 닿을 듯
한 땅꼬마 스님 한 분이 저보다 무거운 배낭을 지고 타박타
박 걷고 있는데 한 석양이 벌써 짙게 저물고 있다. 그런데
그 나어린 스님은 어떻게 되셨을까.

송(松)

태백산 정암사 2백년 소나무는 가지에 무거운 눈을 이고
지그시 눈 감으셨구나
　행여, 바람 불라?
　행여, 바람 불어 저 고요 깊은 잠 깨실라?

소처럼 웃다

중학교 일학년 일학기 때였다. 하굣길에 아래냇가 방천 둑에서 소를 뜯기고 있던 아버지를 만났다. 다가가 모자를 벗고 인사를 올렸더니 아버지가 진짜 소처럼 웃었다.

숲은 자란다

저 멀리 오호츠크해를 거쳐 알래스카의 베링 해협까지 나가 성장한 연어들이 모천(母川)을 찾아 등에 검붉은 혼인색을 띠며 거슬러오르는 장면은 장관이다. 특히 거센 폭포를 만나 머리와 꼬리를 일자로 말아 세우고 솟구쳐오르는 모습은 가히 필사적이라 할 만한데, 문제는 폭포 위에 뭉툭한 다리를 잠그고 버티고 선 곰들이다. 겨울잠에 들기 전 무언가로 잔뜩 배를 채워야 하는 곰들은 가까스로 폭포를 차고 오르는 연어들을 허공에서 덥석 물고 숲속으로 사라지곤 하는데 이들이 이렇게 먹어치운 연어는 가을 한 달 동안 무려 5백 마리가 넘는다고 한다. 그래서 오늘도 숲속에선 먹고 먹히는 도륙의 비릿한 살냄새가 그치질 않는데 그 내음새로 숲은 또한 자란다.

겨울잠

국립공원관리공단이 종 복원을 위해 지리산에 풀어놓은 반달가슴곰 열여섯 마리 중 열한 마리가 이상난동으로 아직 겨울잠에 들지 못하고 뒤척이고 있다는데, 곰이 잠들지 못하면 산이 잠들지 못하고 산이 잠들지 못하면 나무들 또한 잠들지 못하고 밤새도록 서성이거늘, 그러므로 겨울이여 제발 겨울이면 겨울답게 매서웁게 푸르고 하늘은 또한 푸근한 눈을 내려 곰과 함께 저 산을 무릎 깊이 덮어다오.

성녀 마더 테레사

가난을 팔아 자비를 사다니? 그러나 그녀는 그렇게 했다. 1994년 의학전문지 『랜싯』의 편집장 로빈 폭스 박사가 테레사 수녀가 45년간 봉사한 인도 콜카타의 '죽어가는 이들을 위한 집'을 방문했을 때 그는 삭발한 채 한 방에 오륙십 명씩 수용된 말기 환자들을 목격했다. 그들은 아스피린 이상의 진통제를 공급받지 못한 채 고통에 신음하며 죽어가고 있었다. 그러나 105개 이상의 나라에서 500개가 넘는 수도원을 운영한 테레사의 '사랑의 선교회' 소속 수녀는 4천여 명에 이르고 평신도 봉사자만도 4만 명이 넘으며 전세계에서 밀어닥친 기부금은 그야말로 홍수처럼 넘쳐나 뉴욕 브롱크스선교회의 한 당좌계좌에만 무려 5천만 달러가 들어 있었다. 저널리스트 크리스토퍼 히친스에 의하면 수녀들은 "가난을 호소할 것, 그리하여 손이 크고 어수룩한 사람과 기업 들이 더 많은 재화와 봉사와 현금을 내도록 조종할 것을 강요받았다"고 한다. 말하자면 "의지할 데 없는 아기들, 버려진 낙오자들, 나환자와 말기 환자 들은 동정의 과시를 위한 원자재들"이었다고 그는 지적했다. 하지만 테레사 수녀는 자신의 심장질환 및 노환과 싸울 때 서구에서 가

장 우수하고 값비싼 병원들에서 치료받았다고 한다. 그러
나 콜카타의 말기 환자들은 항염증제 같은 약은 어쩌다 운
좋은 이들에게만 주어졌으며 링거주사 같은 것은 꿈도 꿀
수 없었다.

1981년 아이티에 간 테레사 수녀는 나중에 결국 돈가방
을 들고 도망친 폭군 장 끌로드 뒤발리에를 "가난한 사람들
이 국가의 우두머리와 이렇게 친근한 경우는 처음 보았다"
고 칭송했으며 "현대세계의 가장 냉소적이고 천박하며 못
된 여성 중의 하나"인 그의 부인 미셸의 두 손을 정답게 감
싸쥐고는 "영부인은 느끼시고, 아시며, 자신의 사랑을 말뿐
이 아니라 눈에 보이는 실체적인 행동으로도 보여주고자
하시는 분"이라 예찬했다. 사진에 담긴 그 장면을 독재자
뒤발리에는 잘도 이용해먹었다. 뿐만 아니라 테레사 수녀
는 사이비 종파 지도자 존 로저한테서 1만 달러를 기부받
고 함께 사진을 찍어 그의 사기모금 행각을 도왔으며 미국
역사상 최대 사기사건 가운데 하나인 저축대부조합 스캔들
로 10년형을 살고 있는 가톨릭 근본주의자 찰스 키팅한테
서는 125만 달러를 기부받고는 자신의 권위를 써먹도록 허

락했다.

1992년 테레사 수녀는 키팅에게 관용을 베풀어달라고 미국 법원에 편지를 보냈는데, 그때 답장을 보낸 로스앤젤레스 지방검사보 폴 털리는 2억5천만 달러를 낭비와 사치를 위해 가로챈 키팅의 범죄행각을 일일이 설명한 뒤 기부받은 125만 달러를 원래 소유자들에게 돌려주라고 정중하게 권유했다. 그러나 수녀에게서 답장은 없었으며 그 돈뿐만 아니라 전세계에서 답지한 거액의 성금들의 행방도 사실상 묘연했다.

테레사 수녀는 마거릿 대처 영국 총리와 스페인 우익 프랑꼬주의자들과 만나 낙태 및 산아제한 반대 캠페인에 힘을 실어주었으며, 1985년엔 로널드 레이건 미국 대통령이 주는 '자유훈장'을 받았는데 그때 수상식장 지하실에선 올리버 노스 대령이 이란-콘트라 사건을 꾸미고 있었다고 한다. "니카라과 정부에 대한 전쟁에서 살해된 사람의 수는 콜카타의 모든 선교자들이 우연으로라도 목숨을 구한 사람 수보다 훨씬 많"은데, 나카라과 산디니스타 정부에 대한 우익 콘트라 반정부군의 배후에는 돈과 무기를 대준 미국 중앙정보국이 있었으며 로마 교황청과 현지 추기경이 그들을 지원했고 산디니스타에 훈계를 늘어놓았던 마더 테레사의 '사랑의 선교수사회'는 교황 직속 조직이었다고 한다.

테레사 수녀는 "가난한 사람들이 자신의 운명을 받아들이는 것은 매우 아름다운 일"이라고 말해왔다. 1984년 미국 다국적기업 유니언 카바이드의 인도 보팔 공장에서 수천 명이 즉사한 유독가스 참사가 일어났을 때 분노한 유족들 앞에서 그녀는 말했다. "용서하세요. 용서하세요." 크리스토퍼 히친스는 묻는다. "그녀의 성공은 겸손과 소박의 승리"인가? 아니면 "인류의 미신적인 유년으로까지 거슬러 올라가는…… 교활한 자와 한 가지 목적에 전념하는 자들이 소박하고 겸손한 자들을 착취하는 것에 기댄 천년왕국 이야기의 또다른 장"인가?

마더 테레사의 생전에 나온, 히친스의 이 신랄하고 전복적인 내용을 담은 책 『자비를 팔다』(1995)는 2001년 마더 테레사를 성인으로 추대하는 작업을 진행하던 로마 교황청의 직접적인 요청에 따라 수녀의 시성(諡聖)에 반대하는 쪽의 증거로 제시되었다. 그럼에도 교황청은 2003년 테레사 수녀를 준성인인 '복자' 반열에 올렸다.*

* 크리스토퍼 히친스 『자비를 팔다』, 김정환 옮김, 모멘토 2008;
한겨레 2008.1.19. '책과 세상'에서 재인용.

선종(善終)

아흔네살 할머니셨다. 담배 한 가치를 맛있게 잡숫고 나서 새 가치에 불을 붙이며 불쑥 물었다. "상화가 요즘 외국 나갔시면 고서방 밥은 누가 해주노?" 그러고는 감감무소식이셨다. 바닥에 떨어진 담배에서 무슨 향연처럼 모락모락 연기가 피어올랐다. 봄날이었다.

노동

유독가스가 뿜어져나오는 해발 2700미터가 넘는 인도네시아의 한 유황광산에서 일하는 노동자들은 70킬로그램이 넘는 등짐을 지고 험한 산길을 오르내릴 때 입에 재갈을 문다고 한다. 자기도 모르는 사이에 으스러지게 이를 깨물지 않기 위해서란다. 세상엔 아직도, 이렇게, 극심한 고통 속에서 일하는 사람들이 많다.

직진

다음은 2008년 6월 26일 새벽 광화문 새문안교회 앞 도로 위에서 시민들을 향해 물대포를 쏘아대던 두 대의 경찰 살수차를 온몸으로 막아낸 30대 '유모차맘'에 관한 기록이다.

2시 10분, 여경들이 투입됐다. 뒤에서 "빨리 유모차 인도로 빼"라는 지시가 들렸다. 여경들은 "인도로 행진하시죠. 천천히 좌회전하세요"라고 유모차와 어머니를 에워쌌다. 어머니는 동요하지 않았다. "저는 직진할 겁니다. 저는 대한민국 국민으로, 내가 낸 세금으로 만들어진 도로 위에서 제가 원하는 방향으로 갈 자유가 있습니다." 또박또박 말했다.

2시 15분, 경찰 간부 한 명이 상황을 보더니 "자, 인도로 가시죠. 인도로 모시도록" 하고 지시했다. 여경들은 다시 길을 재촉했다. 어머니는 다시 외쳤다. "저는 저 살수차, 저 물대포가 가는 길로만 갈 겁니다. 왜 국민들이 낸 세금으로 국민들에게 소화제 뿌리고, 방패로 위협하고, 물 뿌립니까. 내가 낸 세금으로 왜 그럽니까." 목소리는 크지 않았지만 떨림은 없었다. 그때 옆의 한 중년 여경이 못마땅한 표정으로 "아니, 자식을 이런 위험한 곳으로 내모는 엄마는 도대체 뭐야"라고 말했다. 어머니는 대답했다. "저, 평범한 엄마입니다. 지금껏 가정 잘 꾸리고 살아오던 엄마입니다. 근데 왜 저를 여기에 서게 만듭니까. 저는 오로지 직진만 할 겁니다. 저 살수차가 비키면 저도 비킵니다."

2시 23분, 살수차가 조금 뒤로 빠졌다. 경찰들이 다시 "인도로 행진하십시오"라고 어머니를 압박했다. 어머니는 외쳤다. "전 저 차가 가지 않으면 하루종일 여기에서 서 있겠습니다."

2시 26분, 경찰 간부가 다시 찾아왔다. "살수차 빼고, 병력 빼." 드디어 살수차의 엔진이 굉음을 냈다. 뒤로 한참을 후진한 차는 유턴을 한 뒤 서대문 쪽으로 돌아갔다.

2시 27분, 어머니는 천천히 서대문 쪽으로 유모차를 밀기 시작했다. 경찰들이 다시 유모차를 에워싸려 했다. 뒤에서 큰 소리가 들렸다. "야, 유모차 건드리지 마. 주변에도 가지 마." 경찰들은 뒤로 빠졌다. 어머니는 살수차가 사라진 서대문 쪽을 잠시 응시하다 다시 천천히 유모차를 끌었다.*

＊이태희 기자 『한겨레21』, 2008.6.27.

생(生)

강한 거센 빗줄기 사이로 어떤 뼈아픈 후회가 달려오누나
그때 내가 그 앞에서 조금 더 겸허했더라면

미소를!

조하르 난민촌의 한 소말리아 여성이 국제기구에서 배급
받은 식량을 마소처럼 등에 가득 짊어진 채 세상에서 가장
밝은 표정으로 집으로 돌아가고 있다. 신이 만약 살아 계시
다면 모래사막 위에 가지런한 저 가난한 여인의 발자욱 발
자욱마다에 미소를!

어떤 르네상스

『풍속의 역사』(1909)에 이런 대목이 나온다. 모든 것이 웅성거리는 르네상스기의 유럽의 한 도시. 남편이 장삿길에 나서기 위해 화사한 아내의 전송을 받으며 말을 타고 막 앞문을 빠져나가는 사이, 아내의 간부가 뚜쟁이 하녀의 안내를 받으며 잽싸게 뒷문으로 스며들고 있었다. 푹스가 여기에 이렇게 덧붙였다. "음란한 부인은 정부가 있는 곳으로 가는 길을 쥐가 구멍을 찾는 것보다 더 빨리 찾아낸다." 그런데 그보다 중요한 건 등뒤에서 일어난 이 모든 일을 말을 탄 남편이 다 알고 있다는 사실.

어느 성애(性愛)

사오싱(紹興)이었던가 우전(烏鎭)이었던가, 중국의 한 조
그마한 박물관 앞뜰의 조각상이었다. 전장으로 막 떠나기
직전인 듯한 사내가 투구와 방패를 옆에 내려놓은 채 아내
위에 올라 그야말로 급하게 그짓을 하고 있는데, 당돌한 사
내애가 아비 등에 올라 북처럼 마구 두드려대며 재촉하고
있었다. 빨리 이기고 돌아와서 엄마를 기쁘게 해달라고.

바람이 조금

모바일이 한번도 울리지 않은 날이 있다
그런 날이면 나도 고요하고 잎새도 고요하다
바람이 조금 살랑거릴 뿐이다

홍합

흑산도하고도 수심 오십 미터에서 건져올렸다는 생물 홍합들이 이대로는 절대로 포장마차 끓는 물속으론 들어갈 수 없노라며 입술을 앙다물고 버티시는 바람에 오늘도 목포집 아주머니는 시퍼런 바다와 싸우느라 구슬땀을 흘리시다.

당신을 용서합니다

기아와 에이즈, 내전과 종족간의 학살로 1994년 석 달 동안에만 무려 97만 명이 희생된 사하라 이남 르완다의 한 마을법정 '가차차'. 13년 전 같은 마을에 살던 열두살 투치족 소년 장을 살해한 혐의를 받고 있는 피고인 후투족 앙투안 루고르로카가 들어섰다. 한 시간 동안 침묵을 지키던 장의 어머니 발레리가 입을 열었다. "당신은 내 아들의 대부였어요. 당신을 좋아하던 그 아이를 왜 죽였나요?" "나도 그때 무서웠어요. 믿지는 않겠지만 그들은 투치족 아내를 둔 저도 위협했어요." 앙투안의 말에 마을사람들이 술렁였다. "그가 부인을 잃고 마음고생이 컸다." "그는 인종청소 초기부터 마을의 투치족들을 공격했다." 증언들이 엇갈렸다. 한 시간이 다시 흘렀다. 판결을 앞두고 발레리가 발언을 요청했다. "나는 오랫동안 당신을 저주했어요. 그러다가 깨달았어요. 내 아들은 돌아오지 않지만, 당신은 여기 있다는 것을. 그리고 당신은 한때 나의 좋은 이웃이었다는 것을. 당신을 용서합니다."*

* 한겨레 2007.9.18.

나비처럼

    국립경주박물관 바깥뜰에 놓인 목 잘린 불상 다섯 좌(座). 목이 없으니 머리도 없고 머리 없으니 일체 번뇌도 없이 저리 깊은 선정(禪定)에 드셨으리. 왼손은 왼쪽 무릎 위에 오른손은 오른쪽 무릎 위에 가지런히 얹고 나비처럼 사뿐하시다.

아람드리 가을

번호판을 가린 자동차들이 쑥스러운 듯 서로의 얼굴을
깊숙이 묻고 있는 대낮 양평의 한 러브호텔 뒷마당. 올해에
도 아무도 찾지 않는 아람드리 밤나무는 너무나 심심하여
서 곰처럼 뭉툭한 발로 잘 익은 밤알을 톡토그르 톡토그르
굴려보는 중인데, 그중의 어떤 것들은 번호판 없는 자동차
보닛 위에도 수북이 쌓여 올가을 들어 가장 아름다운 자연
을 연출하고 있습니다.

솔잎 향기

5호선 전철 서쪽 종점은 방화역입니다. 이 몸은 일주일에
한두번 그곳엘 갑니다. 거기 국립국어원 옆의 한서자기원
이라는 곳에서 자기치료를 받기 위해서이죠. 웬 치료냐구
요? 젊은날 마구 사용하고 버려서 너덜너덜해진 육신과 영
혼에 우주 자연의 에너지를 공급하기 위해서입니다. 그런
데 거기 가는 재미가 하나 더 늘었습니다. 바로 옆 개화산
자락에 잇대어 지은 방화근린공원 소나무숲 때문입니다.
자기치료가 끝난 후 두어 시간을 저는 그 숲 아래 가만히
앉아 있다가 오곤 하는데, 푸른 하늘 아래 폭넓은 차양을
펼친 것 같은 조선소나무가 날것으로 내뿜는 솔잎 향기는
그대로 내 피부와 폐와 머리로 마구 쏟아져들어와 일주일
내내 내 몸과 영혼에선 진한 솔잎 향기가 떠나지 않을 뿐만
아니라 때로는 내가 마치 한 그루 우주 자연의 소나무가 되
어 하늘을 향해 찰나적으로 새파란 팔을 펼치기도 합니다.

어떤 부지런함

아침 일찍부터 나오셨구나
광화문 교보빌딩 앞의 그 할머니
오늘도 바구니엔 십원짜리 하나 달랑

권정생 선생 이야기

권선생님은 물론 일생을 고통과 아픔으로만 사신 것은 아니다. 동네 일직교회 권사들이기도 한 마을 할머니와 할아버지 들과는 아주 각별하게 지내셨는데, 그들과 일상 속에서 장난치며 웃고 떠들 때는 그렇게 순진하고 유쾌하고 재바른 소년일 수가 없었다고 한다.

"옛날에요, 교회에서 연극할 때 집사님하고 내하고 내외간이었니더. 그래서 내보고 맨날 권사님요, 바람피지 마이소, 카시던 때가 엊그제 같은데…… 하늘 갈 때는 전화 할 끼니께 같이 가자 카시더마는……"*

할머니들은 연신 눈물을 훔치면서도 금세 만면에 불그레한 웃음을 띠며 권선생님 얘기를 하는 것이었다.

* 이계삼 「이 땅 '마지막 한 사람'이었던 분」, 『녹색평론』 2007년 7~8월호.

동안

면도기가 충전이 다 되었다고 녹색등을 깜빡이는 동안,

반딧불이가 난생처음 하늘을 차고 올라 수줍은 후미등을
켜고 구애하는 동안,

대학병원에서 죽어가는 환자가 원망인지 사랑인지 모를
눈빛을 가족에게 지어 보이고 있는 동안,

오늘도 세계의 어딘가에선 장착된 토마호크 미사일이
날고

사소한 약속을 지키러 나온 맨해튼 42번가의 사내는

째깍거리는 시계를 자주 보며 공허한 두 손에 피로한

두 얼굴을 묻는다

말이 되지 못한 말

가쁜 숨을 몰아쉬며 어머니는 내게 무슨 말인가를 하고 계셨지만 어머니의 눈은 이미 저세상에, 어머니의 입은 이 세상에 속한지라 어떤 소리도 내게 건너오지 못했다. 다만 무엇인가 말이 되지 못한 안타까운 부르짖음만이 허공처럼 입술을 열고 내 곁에서 달싹이고 있을 뿐.

권정생 선생님

 이오덕 선생님은 돌아가시기 전 당신 묻힐 자리 곁에 권정생 선생 자리를 하나 잡아놓았다고 합니다. 나중에 권선생이 어떻게 되시면 자기 옆으로 모시라고. 그런데 그 말을 전해들은 권선생님은 버럭 화를 내시며 말씀하셨다고 합니다. "내가 자기 애인이가? 왜 해필 그 옆으로 오라고 그라노?"

 2007년 5월 20일 오후 안동시 일직면 조탑동 빌뱅이언덕 뒷숲, 동네 외로운 할머니들이 지켜보는 가운데 한줌 깨끗한 뼛가루로 변한 권정생 선생님은 이 세상에 왔을 때 그러했던 것처럼 흔적 없이 저세상으로 돌아가셨습니다. 평생의 친구였던 미물 벌레들이 달려나와 그를 가장 반갑게 맞았습니다.

2007년 5월 16일, '국립5·18민주묘지' 이정연씨(20) 묘

'부 천균 모 구선악' 여느 해처럼 어머니 구선악씨(67)의 뭉툭한 손이 아들의 묘비를 쓰다듬었다. 어디서 흐느끼는 듯한 소리가 들려왔다. 바로 그때였다. 안 보이는 손 하나가 그림자처럼 다가와 어머니의 더운 손 위에 가만히 겹쳐졌다. 제비꽃들이 바람에 거세게 흩날렸다.

힘차다!

밀물을 몰고 달려오는 저녁 바다는 아름답다
간혹 그 속에서 바다 수사자 한 마리가 태어나
검은 하늘을 향해 갈기를 날리며 울부짖기도 한다

수식어의 미학, 구체성의 시학
이숭원

이시영의 이번 시집은 이전 시집들과 날줄 씨줄로 연결되어 있다. 『무늬』(1994) 이후 이어져온 짧은 압축 서정시의 흐름, 『은빛 호각』(2003) 이후 전개된 시대와 인물에 대한 회상 시편, 『우리의 죽은 자들을 위해』(2007)에서 선보인 책이나 신문기사를 재구성한 시편 등, 그가 추구해온 다양한 양식적 실험이 이 시집에 종합되어 있다. 새롭게 떠오른 것이 있다면, '이순의 아침'을 맞는다는 시인의 자의식이 표면에 드러난 점이다. 나이가 들수록 자기성찰과 묵상의 시간이 더욱 확대되기 마련이다. 나는 그 시편들이 상당한 의미를 지니며, 이전의 작품들과 의미의 경계를 이루는 하나의 결절점을 형성한다고 생각한다.

그가 육십의 나이에 도달했음을 알린 작품은 여러편이 있는데, 그중 두 편의 시가 나에게 깊은 인상을 주었다. 한 편의 시는 자연과 관련이 있고 다른 한 편의 시는 추억과

연관되어 있다. 「싸락눈 내리는 저녁」은 자책의 목소리가 너무 높고, 「생(生)」은 후회의 어조가 가라앉아 있는 데 비해, 삶의 자의식을 숨김없이 들려준 다음의 시는 내 마음의 현을 오래도록 흔들었다.

사는 것이 사는 것 같지 않고 으스스 몸이 시릴 때, 아니 내 삶이 내 삶으로 도저히 용납되지 않을 때, 그것이 또한 오로지 남의 탓이 아닐 때 등을 돌리고 서면 거기 안서호의 황혼녘에 오리들이 몇 유쾌한 직선을 그으며 나아가고 있었나니, 나 425호 남의 연구실 유리창에 이마를 갖다대고 그것들의 한없이 자유로운 유영을 지켜보곤 하였으나 내가 저 오리가 되기엔 너무 늙었거나 조금 일렀으며, 생은 어디에 기댈 데도 없이 저처럼 뭉툭한 머리를 내밀고 또 물밑에선 죽어라고 갈퀴질을 해대며 쌩까라고 저 홀로 갈 데까지 가보는 것이라고 다짐하곤 했는데, 그때쯤이면 해가 풍덩 가라앉은 저녁 안서호의 따스한 물결이 내 가슴 통증께로 조금씩 밀려오곤 해 나는 서둘러 텅 빈 가방을 챙겨 의대에서 오는 여섯시 막차 퇴근버스를 타러 언덕길을 총총히 내려가곤 했다.

　　　　　　　　　　　　　　　—「저녁의 몽상」 전문

안서호가 내려다보이는 단국대 천안캠퍼스에서 강의를

마친 시인은 문득 자신의 삶에 착잡한 회의를 느낀다. 몸이 시린 듯 한기를 느끼고 자신이 거쳐온 삶을 스스로 용납하지 못할 때 안서호의 황혼 풍경이 눈에 들어왔다. 오리들이 자유로운 유영을 즐기고 있다. 오리를 보고 시인은 "유쾌한 직선을 그으며 나아가고" 있다고 묘사한다. 이 묘사에 시인의 의식이 투영되어 있다. 오리의 유연하고 유쾌한 직선에 비해 자신의 삶은 스산하고 우울한 실선이나 점선으로 보였을 것이다. '한없이 자유로운' '유쾌한' 등의 수식어는 자신에게 해당되는 말이 아니다. 여기에 대해 시인은 "너무 늙었거나"라는 말을 썼다. 이 말 속에 이순의 아침을 넘긴 시인의 자의식이 스며 있다. 겨울밤 유리창에 붙어 앉아 창밖을 내다보는 자신을 '열없다'(쑥스럽고 어색하다)고 의식한 것은 팔십년 전의 정지용이었다. 이시영 시인도 "남의 연구실 유리창에 이마를 갖다대고" 무언가를 보고 있다. 그의 눈에 들어온 오리의 모습은 이중적이다. 겉으로는 유연한 동작을 보여주지만 물밑으로는 "죽어라고 갈퀴질을 해대"고 있다. 시인은 그 물밑의 모습이 자신의 삶과 통한다고 생각한다. 어차피 이렇게 된 것, "쌩까라고" "갈 데까지 가보는 것이라고" 다짐하는 사이 해는 더 기울고 황혼의 주홍빛에 가슴이 다소 눅눅해지며 집으로 돌아갈 생각도 든다. 그래서 "텅 빈 가방"을 들고 "서둘러", "총총히" 발을 옮기는 것이다.

이 시에 배치된 각각의 수식어와 비유어에는 모두 시인의 자의식이 촘촘히 스며 있다. 이것은 치밀한 계산에 의한 것이라기보다는 내면의 흐름이 자연스럽게 시에 투영된 결과일 것이다. 조금의 빈틈도 허락하지 않는 수식과 비유의 정밀성에 경탄할 따름이다. 다른 시도 그렇지만 이 시에 이렇게 치밀한 배치가 이루어졌다는 것은 시에 담긴 정황이 그의 가슴을 매우 심도있게 장악했다는 뜻이다. 그의 가슴의 통증은 이 시집에도 나와 있는 국내외의 사회적 · 정치적 패륜에 대한 비판과 분노에서 온 것이기도 하겠지만 그의 가슴에 자신도 모르게 형성된 이유 없는 공허감에서도 왔을 것이다. 이 시의 어조가 반어적 경향을 어느정도 담고 있다 하더라도 이러한 시편들이 공허감에 대한 반응을 상당히 중요한 요소로 삼고 있는 것은 사실이다.

자신의 나이를 추억과 관련지어 드러낸 작품은 「이순의 아침」이다. 앞에서 말한 마음의 공허가 오십여년 전 "무쇠 팔뚝"의 근육으로 어린 시인을 죽음의 위기에서 구해준 육촌형의 "건장한 미소"에 대한 그리움으로 이어지는 것인지도 모른다.

어렸을 적 소 몰고 섬진강에 나가 멱감다가 급류에 휩쓸려 그 무섭다는 용소에 빠진 적 있지. 시퍼런 물살이 기다렸다는 듯 나를 끌고 캄캄한 심연까지 내려갔다간 다

시 올라오기를 수십 번, (…) 아, 이젠 죽었구나라고 단
념했을 때 어디서 야차같이 아귀 센 힘이 나를 낚아채 물
밖으로 내달아가는 것이었다.

　모래밭에 거꾸러진 채 잠시 혼절했다가 먹은 물을 다
토하고 나서 올려다보니 거기 농업학교 다니는 무쇠 팔
뚝의 육촌형이 씨익 웃고 서 있었다. 새삼 그 형의 건장한
미소가 그리워지는 이순(耳順)의 아침이다.

—「이순의 아침」 부분

　고백하건대 이 시를 읽고 나는 눈물이 핑 돌았다. "야차
같이 아귀 센 힘"을 지닌 "무쇠 팔뚝의 육촌형"이 죽었다
살아난 동생 앞에 아무 말 없이 씨익 웃는 그 건장한 미소
가 가슴을 때렸기 때문이다. 오십여년 전의 일을 회상하며
무쇠 팔뚝의 건장한 미소를 다시 보고 싶어하는 시인의 마
음이 눈가에 그려졌기 때문이다. 사십도 오십도 아닌, 이순
의 아침이라면 자신의 생명을 사지에서 건져 올린, 다시 말
하면 자신의 일생을 새롭게 보장해준 그 건장한 육체가 그
리울 것이다.

　이와는 다른 차원에서 오십년 저편의 어린시절을 회상한
시편들이 있다. 묘하게 아버지는 소처럼 웃는 모습으로 회
상되고(「소처럼 웃다」), 어머니는 "턱을 떨고" 계시는 모습으
로 회상된다(「청하이 가서」). 어머니에 대한 정한이 더 깊기

때문일 것이다. "남편 잃고 세살배기 외아들을 키우며" 집안을 일으켜세운 할머니의 무덤에 대한 회상의 시 「산64번지의 4」도 뚜렷한 감흥을 불러일으킨다. 그곳의 주소는 알지 못했으나 분명 어릴 때부터 보아오던 그 무덤에는 아버지가 심어놓은 "네 그루의 소나무"가 있고 풍치 좋은 그곳에서 "띠처럼 흘러가는" 섬진강을 지켜보기도 했던 때를 회상하며 다시 "아주 낮은" 섬진강을 "오래오래" 바라보아야겠다고 시인은 생각한다. 여기서도 '아주 낮은'과 '오래오래'가 밀도있는 수식어로 구조적 기능을 하고 있다. 그것은 장소의 친화성과 기억의 지속성을 함께 환기시킨다.

「육십년」이라는 시에는 시인이 태어나던 해에 마을로 시집온 '겅몰댁'이라는 할머니가 등장한다. 그녀는 시인의 손을 마주잡고, 처음 시집올 때처럼 "새색시처럼 얼굴이 마구 달아오르"기도 했다. "소처럼 겁이 많고 눈이 크던 그의 선한 남편"은 6·25사변 때 "송이눈이 마을을 덮던 겨울밤 산사람들 짐꾼으로 옷궤를 짊어지고 천황재를 넘어가 끝내 돌아오지" 못했다. 육십년 가까이 혼자 지내온 겅몰댁의 주름진 얼굴을 보며 시인은 그 남편의 선한 얼굴과 함께 시련의 세월도 떠올리고 있는 것이다. 그런 구체적인 회상도 좋지만 이미 세상 떠난 고향 노인들의 삶과 죽음을 남의 이야기하듯 따스하게 포용하는 다음의 시편 역시 감동적이다.

평생을 저 앞들에 엎드려 일하시다

죽어 북망이라 찾아든 곳이 겨우 동네 뒷산 야트막한 가래뜸

홍대댁 논실댁 곡성댁 새터댁 냇가물댁 들이

앞서거니 뒤서거니 사이좋게 누워 때론 더운 김도 내뿜으며

저세상을 새로 살고 계시구나

——「저세상」 전문

세월이 흘러 시인이 어릴 때부터 보아오던 고향의 아주머니들은 하나둘 세상을 떠났다. 그들은 평생 논밭에서 허리 굽혀 농사를 지었을 것이다. 이승의 인연이 다하여 어느 명당자리로 간 것이 아니라 "동네 뒷산 야트막한" 둔덕에 유택(幽宅)을 얻었다. 시인은 이름만으로도 정겨운 그 아주머니들의 이름을 열거한다. 모두가 그들이 태어나고 성장한, 그래서 평생 그들의 마음에 박혀 있었을 마을의 이름이리라. 살아서의 삶이 그렇게 흥성하지 않았을 그들은 그런대로 평안을 얻어 "사이좋게 누워" 저세상의 삶을 "새로 살고" 있다. 가끔 "더운 김도 내뿜"는 것으로 보아 이승의 미련이 다 거두어진 것은 아닌 듯하다. 그 '더운 김'은 이승과 저승을 연결하는 고리 같기도 하다.

크고작은 고향의 사연들을 떠올리며 시인이 정작 바라는

것은 무엇인가? 시인은 그저 추억의 영상을 펼쳐 보여줄 뿐 이렇다 할 기대나 희망은 제시하지 않았다. 다만 한 편의 작품에서 자신의 희망을 이야기하였는데 그 속에 그가 동경하는 생의 단면이 암시되어 있다.

태풍 곤파스가 철탑을 무너뜨리고 항구의 배를 묶고 모든 문명을 비웃으며 무서운 속도로 북상하는 동안, 나는 영도네 집 잘 쓸어놓은 옛 마당이 그리웠다. 홀엄씨를 닮아 하도 정갈하여 뺨이라도 갖다대고 싶은 대빗자루 자국 선명한 그 마당에 가 자치기를 꼭 한번 하고 싶다.
　　　　　　　　　　　　　　　　　―「옛 마당을 그리워함」 전문

영도네 모친이 어떤 사람인지는 모르겠으나 남편 없이 혼자 살아가는 정갈한 여인임에는 틀림이 없다. 성품이 정결하여 마당 구석까지 잡티 하나 없이 쓸어 그 마당에 뺨이라도 대고 싶을 정도라고 했다. 대빗자루로 쓴 연한 빗살무늬가 마당에 은은하게 남아 있었을 것이다. 미당의 시 「외할머니의 뒤안 툇마루」에는 하도 반질거리게 닦아 우리의 얼굴은 물론이요 우리의 마음까지도 비치는 외할머니의 툇마루가 나온다. 그런데 이 시에는 너무 깨끗하여 자신의 얼굴까지 대고 싶은 마당이 나오는 것이다. 이처럼 정갈하고 질서 있는 마당을 떠올린 것은 태풍 곤파스의 상륙 때문이다. 2010년 8월 말 우리나라를 타격한 태풍 곤파스는 여러 곳에 얼룩진 상처를 남겼다. 곤파스의 혼란이 극심할수록 시인에게는 고향마을 영도네 집의 빗살무늬 가지런한 마당이 떠올랐을 것이다. 그것을 떠올리며 제시한 시인의 희망은 거기 가서 자치기를 하고 싶다는 것이다. 어릴 때 자치기를 하고 놀던 사람들은 이 마지막 구절에 가슴이 쩡할 것이다. 전자오락이 아이들을 지배하기 훨씬 전 오직 자연의 상태 속에서 나뭇가지만으로 흥미진진하게 벌이던 놀이가 자치기다. 지금은 민속놀이 전시회에서나 볼 수 있을 그 놀이를 떠올리며 정갈한 마당과 천진한 자치기 놀이를 연결한 시인의 감성에 마음은 한없이 녹녹해진다.

　이런 흐름과는 별도로, 자연을 관찰하여 남이 미처 보지 못한 것을 시의 질료로 삼아 간명한 형식으로 형상화하는 그의 작법은 이번 시집에서 더욱 승화된 형태로 나타난다.

　　여름비가 사납게 마당을 후려치고 있다
　　명아주 잎사귀에서 굴러떨어진 달팽이 한 마리가
　　전신에 서늘한 정신이 들 때까지
　　그것을 통뼈로 맞고 있다
　　　　　　　　　　　　　　　　　　　　　—「소나기」 전문

　"명아주 잎사귀에서 굴러떨어진"이라는 구절이 없어도

이 시는 충분히 성립된다. 그러나 이 구절이 있는 것과 없는 것은 받아들이는 느낌이 크게 달라진다. 달팽이는 식물의 잎을 먹이로 삼기 때문에 명아주는 달팽이가 서식하는 생명의 공간이 되고 마당은 그렇지 않다. 명아주 잎사귀에 대한 언급은 달팽이가 왜 마당에 내려왔는지를 알려주는 장치이면서 정황의 사실성을 높여주는 역할을 한다. 키가 작고 넓은 잎을 가진 명아주는 달팽이가 활동하기에 적합한 식물이다. 따라서 명아주 잎사귀에서 굴러떨어진 달팽이는 충분히 그럴 수 있는 정황의 사실성을 보강해주는 것이다.

안온한 서식지에서 벗어나 마당에 떨어진 달팽이는 사납게 후려치는 소낙비를 무차별로 맞아야 한다. 이것을 시인은 "전신에 서늘한 정신이 들 때까지"라고 표현했다. 사나운 소나기가 달팽이의 생명을 위협하지 않고 오히려 서늘한 정신이 들게 한다는 것이다. 연약한 달팽이를 두고 시인은 "통뼈로" 맞는다는 표현을 했다. 나약한 연체동물도 서늘한 정신이 들면 사나운 소나기에 맞서는 통뼈가 생겨날지도 모른다. 이 시에 배치된 '사납게' '굴러떨어진' '서늘한' '통뼈로' 등의 수식어는 그 의미에 맞는 기능을 충실히 수행하면서 상호연쇄하여 이 시의 생명력을 더욱 높은 상태로 승화하고 있다.

나는 잠시 여기 나온 달팽이가 시인 자신을 표상할 수도 있겠다는 생각을 했다. 자신이 붙어 있던 친숙한 공간에서 잠시 벗어나 어떤 낯선 장소에서 어리둥절해하다가 사나운 세파에 정신을 가다듬고 서늘한 정신을 되찾는 장면은 시인의 모습을 연상시킨다. 세파에 흔들리는 자신의 의식을 달팽이를 통해 대신 나타내어 서늘한 정신과 세상을 버티는 든든한 자세에 대한 지향을 이렇게 암시적으로 표현했을 수도 있다.

> 밤새도록 파도는 밤섬머리를 들이받아
> 가장자리에 아름다운 세모래밭을 만듭니다
> 그러면 시베리아에서 날아온 자욱한 철새들이
> 거기에 매서운 첫 획들을 찍는데
> 그중엔 아주 작은 아기 것도 섞여 있어
> 파도가 다시 와선 뺨 부비곤 했답니다
>
> ──「발자국」 전문

파도와 철새는 자신들이 할 일을 다하고 나중에 그것에 상응하는 자취를 남긴다. 이 행위는 시인이 벌여온 도저한 창작의 공력을 암시하는 것 같기도 하다. 어린 철새도 자신에 어울리는 작은 획을 남겨놓았다. 이 어린 새의 자취에 대해서는 파도가 매정하게 지워버리지 않고 뺨을 부비며 정겨움을 표시했다고 했다. 이 시의 수식어 사용도 매우 정밀하고 또 적실하다. '아름다운' '자욱한' '매서운' '아주 작은' 등의 수식어가 명사 시어와 적실하게 호응하면서 시 전체의 골격을 축조해간다. 이러한 수식어의 미학은 범종 소리를 다양한 감각으로 표현한 「범종소리」, 이른 아침에 오는 봄비를 다채롭게 명상한 「박용래를 훔치다」 같은 시 에서 정상의 경지를 확보한다.

이시영 시인은 이번 시집에서 자연의 아름다움이나 순수 함만 이야기하진 않는다. 그는 낭만적 상상만으로는 세상 을 바로 볼 수 없고 냉엄한 자연의 이법이 존재한다는 사실 을 구체적인 사례를 통해 제시한다. 그것이 「겨울은 깊어간 다」와 「숲은 자란다」이다. 이 두 편의 작품은 냉엄한 자연 의 이법에 대한 이해가 인간에게 필요하다는 것을 알려준 다. 자연은 낭만적으로만 볼 것이 아니라 사실에 입각해서 그 바른 모습을 인식해야 한다는 정직한 관찰의 정신을 드 러낸다. 이것이 생의 이법이고 비정의 철학이다. 비정의 철 학은 인간사의 은혜와 죄악, 사랑과 증오를 이야기한 그의 서술시 여러편에 나타난다. 그중에서도 다음의 시는 세상 사에 대한 그의 관점을 가감 없이 압축된 축도로 그려내고 있어 매우 깊은 각인을 남긴다.

면도기가 충전이 다 되었다고 녹색등을 깜빡이는 동안,
반딧불이가 난생처음 하늘을 차고 올라 수줍은 후미등
을 켜고 구애하는 동안,

대학병원에서 죽어가는 환자가 원망인지 사랑인지 모
를 눈빛을 가족에게 지어 보이고 있는 동안,
　　오늘도 세계의 어딘가에선 장착된 토마호크 미사일이
날고
　　사소한 약속을 지키러 나온 맨해튼 42번가의 사내는
　　째깍거리는 시계를 자주 보며 공허한 두 손에 피로한
　　두 얼굴을 묻는다

──「동안」 전문

　　첫 세 행은 점층적이다. 거의 의미를 부여하기 어려운 지
극히 일상적인 장면과, 반딧불이가 밤하늘에 반딧불을 밝
히고 짝을 유혹하는 평범하지 않은 장면, 병원에서 죽어가
는 환자가 가족에게 보이는 미묘한 눈빛 등의 장면을 차례
로 보여준다. 일상사와 자연사와 가족사가 각기 그 나름의
순리대로 굴러가는 동안, 그렇게 인간과 자연의 크고작은
일이 펼쳐지는 동안, 바다 건너 저편에서는 미국의 중요한
전략무기인 토마호크 미사일이 날고 세계 상업·금융의 중
심지인 뉴욕 맨해튼 42번가의 한 회사원은 약속시간을 확
인하기 위해 시계를 들여다보며 "피로한" 얼굴을 "공허한"
두 손에 묻고 있다. 대략적으로 보면 한국과 미국의 크고작
은 두 장면을 대비한 것이라 할 수 있는데, 우리의 일상사
가 전개되는 동안 세계 어딘가에는 대량살상의 전쟁이 벌

어지고 가장 번화한 거리 복판에는 지친 도시인이 공허한 표정을 짓고 있는 것이다. 이처럼 겉으로 별다른 반응을 드러내지 않고 아무것도 아닌 듯한 이야기를 열거하여 인간 세상의 단순성과 잔혹성과 허망함을 동시에 보여주는 수법은 경이롭고 비범하다. '동안'이라는 제목은 이러한 삶의 다양한 양상이 동시에 여러곳에서 일어날 수 있다는 것, 그래서 우리의 생은 무어라 단순한 말로 집약할 수 없는 적층적 복합성을 지닌다는 사실을 몇가지 전형적 상황을 통해 압축적으로 보여준다.

이러한 창조의 미학은 우리 시대에 흔하게 볼 수 있는 것이 아니다. 그것은 현실의 축도를 담고 있는 전형적 상황의 검출, 그것에 대한 정교한 사실적 묘사, 적절히 삽입되는 수식어의 연쇄적 구성 등이 혼연일체가 되어 성취된다. 이러한 이시영 시의 미학을 무어라 요약할 수 있을까? '수식어의 미학, 구체성의 시학'이라는 말로 궁색하게 명명해보았다. 이러한 궁색한 명명과는 상관없이 그의 시적 창조는 그가 이룩한 회로 속에 조용하면서도 당당하게 진행되어갈 것이다. 우리의 모바일폰에 원고 마감을 알리는 문자가 수신되는 동안, 섣달그믐의 가녀린 달이 입춘절의 보름달로 서서히 바뀌는 동안, 원고를 끝내야 할 새벽 무렵 컴퓨터 모니터의 반짝이는 커서를 하릴없이 들여다보는 동안.

李崇源 | 문학평론가

원고를 넘기고 나서 미진한 것 같아 교정을 세 번 보았다. 어떤 것은 들어내고, 어떤 것은 들어냈다가 다시 넣었다. 저 번 시집에 비해 '인용시'들이 많이 줄었으나 아직도 적잖은 분량이다. 어떤 이들은 이런 유의 작품들이 시가 아니라고 타매하기도 하지만, 나는 시가 아니라도 좋으니 이런 작업을 통해서 감추어진 세계의 진실을 드러내는 게 더 시급하고 중요한 일이라고 본다.

그런 점에서 나는 지난 시대의 '참여시인'이란 명칭이 좋다. 그러나 그렇다 하더라도, 나는 나의 작품들이 미미하지만 '시적인 것'의 발현으로서도 이 오랜 고독의 시간을 잘 견뎌냈으면 한다.

2012년 2월
이시영

창비시선 341

경찰은 그들을 사람으로 보지 않았다

초판 1쇄 발행 / 2012년 2월 6일

지은이 / 이시영
펴낸이 / 강일우
책임편집 / 전성이
펴낸곳 / (주)창비
등록 / 1986년 8월 5일 제85호
주소 / 413-120 경기도 파주시 회동길 184
전화 / 031-955-3333
팩시밀리 / 영업 031-955-3399 편집 031-955-3400
홈페이지 / www.changbi.com
전자우편 / literat@changbi.com
인쇄 / 상지사P&B

ISBN 978-89-364-2341-4 03810